햇빛처럼
화해

햇빛처럼 화해

발행일	2017년 11월 30일		
지은이	김 지 은		
펴낸이	손 형 국		
펴낸곳	(주)북랩		
편집인	선일영	편집	이종무, 권혁신, 오경진, 최예은, 오세은
디자인	이현수, 김민하, 한수희, 김윤주	제작	박기성, 황동현, 구성우
마케팅	김회란, 박진관, 김한결		
출판등록	2004. 12. 1(제2012-000051호)		
주소	서울시 금천구 가산디지털 1로 168, 우림라이온스밸리 B동 B113, 114호		
홈페이지	www.book.co.kr		
전화번호	(02)2026-5777	팩스	(02)2026-5747

ISBN   979-11-5987-669-1 03810 (종이책)   979-11-5987-670-7 05810 (전자책)

햇빛처럼
화해

김지은 지음

북랩 book Lab

오늘은 내 생애 단 한 번 오는 날이고, 지금은 내 생에 단 한 번뿐인 순간이다. 어리석고 깨달음이 느려 이제 겨우 절감하는 사실이다. 아직도 내 삶은 진행 중이기 때문에 이 사실을 자주 망각하고 수많은 시행착오를 겪는다. 하지만, 내 작은 경험이 어떤 분에게는 희망의 불씨가 되기를 바라며 이 글을 쓰기로 마음먹었다.

남편을 저 세상으로 보낸 지 8년이 되었다. 사람들이 남편에 대해 물을 때 "남편은 멀리 있습니다"라고 이야기한다. 살면서 남편에게 어설픈 아내, 아이들을 방목하는 엄마, 실수와 개선을 반복하는 직장인, 전화 한 통도 겨우 하는 퉁명스러운 딸이었다.

상처는 완전히 아물어야 표면이 매끈해진다. 아무렇지도 않은 듯이 매끈하게 말하려면 아직도 시간이 더 필요하지만 순간의 기억이 사라지기 전에 감정의 표본을 박제해 두고, 칠흑 같은 어두움 속에서 한 걸음 내딛기 어려운 분들에게 "앞으로 어떻게 살아갈까?" 하는 희망의 돌을 던져 그분들의 삶에 아름다운 파문을 드리고 싶다.

남편을 사랑해서 만났지만 사랑이 식었을 때는 이혼하지 못했고, 남편이 암으로 세상을 떠날 때는 속수무책이었다. 남편이 아프던 6

년 동안, 그리고 남편이 떠난 5년 동안 어두운 터널 속을 손을 앞으로 내저으며 발을 더듬더듬거리며 걸어 나왔다. 어쩌면 이제 어슴푸레한 여명이 보일 뿐이지만 어둠 속에 서 있다고 생각하시는 분들이 계시다면 이 글을 읽고 다소의 위안이라도 얻으실 수 있기를 바란다.

어느 날 『피터 드러커 나의 이력서』라는 책을 읽고 피터 드러커 같은 문필가가 되고 싶었다. 『피터 드러커 나의 이력서』는 피터 드러커가 95세의 나이로 자기 생애를 회상하며 쓴 책이다. 피터 드러커는 1909년 오스트리아에서 태어난 유대인으로 애널리스트, 기자가 되었고, 유대인 박해를 피해 미국으로 건너가 컨설턴트, 저술가, 교수가 되었으며, 경영학을 창시했지만 자신을 '문필가'라고 불렀다.

삶이 지치고 힘이 들 때, 피터 드러커의 책을 읽으면 복잡한 실타래가 풀리듯 생각이 정리되고 모든 일이 잘 될 거라는 희망이 생겼다. 생전에 한 번 만나봤으면 좋았을 텐데, 만나보지 못했다. 세월이 지나고 나서 '그때 한 번 해봤으면 좋았을 텐데…' 하고 후회하지 않기 위해 글쓰기를 배웠고 책을 쓰게 되었다.

평범한 생활인으로서 내가 겪었던 좌절과 허무를 펼쳐 보임으로써 마음대로 되지 않는 현실 속에서 어려움을 겪는 소시민들이 조금이라도 힘을 내서 자신의 상태와 상황을 이해하고 자신과 직면하여 현실과 자신의 벽을 타고 넘기를 바란다. 그들이 자기 삶을 찾고 주위를 밝히는 빛이 되었으면 좋겠다.

나이 50이 되도록 걱정만 드린 어머니와 아이들, 동생과 올케 조카들에게 감사드린다. 좌충우돌 삶의 여정에서 만난 많은 분들, 함께 근무하는 직장동료들과 이 글을 읽어주시는 분들께 감사드린다.
모든 분들의 삶이 건강하고 아름답기를 기원드린다.

2017년 11월

김지은

목차

제5장 햇빛처럼 화해

제1장

일상에서 만나는
우울증 체크

우울증은 감정이 앓는 감기다. 어느 날 원치 않는 불행을 만났거나, 하고 싶은 일이 제대로 되지 않고, 현실이 힘겹게 느껴질 때 의기소침해진다. 답답함이 반복되면 하고 싶었던 일도 심드렁해지고, 좋은 것도 없어지고, 싫은 것도 내색하지 않게 된다. 처음에는 벗어나려고 발버둥치지만 표출되지 않은 감정이 쌓이다 보면 우울증이 된다.

우울증은 겨울이 가고 봄이 오면 일조량 변화에 따라 사라지기도 하고, 세월이 지나면서 환경 변화에 따라 서서히 좋아지기도 한다. 하지만 그저 우울증세가 나아지기를 바라며 시간이나 환경의 변화를 기다려야 할까? 자신이 우울하다거나 우울증이라는 걸 어떻게 확인할 수 있을까?

우울증에 걸린 사람은 자신이 우울증인 줄 모른다. 주위에서 "너 상담 한 번 받아 봐!"라고 말해도 받아들이지 못한다. 우울증은 겨울과 같이 햇빛을 받는 양이 감소하는 경우에도 나타나지만, 이루고자 하는 바를 이루지 못해 좌절했거나 외부 환경이나 자신과 화해하지 못했을 때 일어난다.

하루 종일 일만 하는 사람은 워커홀릭인 동시에 우울증이다. 집을 엉망으로 해 놓고 치우지 않고 버려두거나 할 일은 해도 일에 흥미를 느끼지 못하고, 하루 종일 드라마나 게임에 빠져 있고 잠만 자는 경우도 우울증이다.

하루 종일
일만 하고 있다면

12월 어느 날 집주인이 전화를 했다. 집을 부동산에 내놓았다고 했다. 집주인의 말은 '한겨울에 이사를 나가라'는 말이라고 생각했다. 그 말을 듣는 순간 다른 생각이 떠오르지 않았다. 암담할 뿐이었다. 누구와 의논해야 할지도 생각나지 않았다.

아무리 청천벽력 같은 일이라도 시간이 지나면 충격이 옅어진다. 가만히 있었다. 그리고 "집주인이 이사가라고 하네요." 혼자 한마디 말을 뱉었다. 누구에게 하는 말이었을까? 그 말을 제대로 들어줄 사람도, 제대로 답해 줄 사람도 없었다. 남편이 세상을 떠난 해였다.

눈보라가 몰아치는 한겨울 어두운 벌판에 홀로 서 있는 기분이었다. 따뜻한 방에 가만히 앉아만 있어도 눈보라가 휘몰아치는 듯했다. 한겨울에 부동산을 헤매며 집을 구하러 다니고 싶지 않았고 그럴 힘도 없었다.

정상적인 상황이라면 전세기간이 남았으니 이사갈 수 없다고 주인에게 따지거나, 집주인이 집을 내놓았으니 대출을 내서라도 집을 구해 볼 생각을 했겠지만, 그런 생각이 들지 않았다. 집을 살 형편도 되지 않았고, 전세를 구해야 되겠다는 생각도 나지 않았다. 그저 세상에 버림받은 것 같은 기분이 들었다.

어려서 집 없이 살아 보지 않았고, 결혼했을 때도 면 소재지에 위치한 시골 아파트이기는 했지만 내 집에서 신혼살림을 시작했다. 직장 인사이동과 아이들 양육문제로 친정에 들어가 살게 되면서 이사 나올 때 아파트를 처분하려고 했지만 시골 아파트를 팔지 못했다.

남편과 나는 맞벌이를 하며 15년 이상 직장생활을 했지만 결국 남은 것이라곤 보잘것없는 것뿐이었다. 남편이 세상을 떠난 지 1년도 채 되지 않았던 때였다. 남편과 사는 동안은 죽일 듯이 아웅다웅 싸웠다. 남편은 죽는 순간까지도 아침저녁으로 전화를 하던 위인이라 나는 어디선가 전화가 걸려올 것만 같았다.

어떻게 해야 할지 좋은 생각이 떠오르지 않았다. 야근을 하고 있었기 때문에 일은 마무리하려고 사무실에서 계속 일을 했다. 일을 한 번 시작하면 끝까지 했다. 일이 마음에 들 때까지 계속했다. 고치고, 고치고, 고치고… 그러면 시간이 갔다. 전화를 기다릴 필요도 없었다. 그렇게 일을 하고 있으면 시간이 잘 갔다.

사무실에 앉아서 일을 하고 있을 때는 아무런 생각이 나지 않으니 일을 손에 잡으면 하나라도 티끌이 없는지 보고 또 보고 끝을 볼 때까지 했다. 사람들이 보기에는 꼼꼼해서 일을 잘 챙긴다고 말할 수 있었지만, 사무실에서 쓰는 보고서는 예술작품일 필요가 없었다. 빨리 작성해서 보고하고 나면 끝이다. 안 되는 일은 안 된다고 말하고 여럿이서 같이 길을 찾아보는 편이 시간 절약에도 도움이 된다.

누구에게든 도움을 청하고 싶지 않았고, 꼬투리 잡힐 만한 허점을 남기고 싶지도 않았다. 주위에 손을 벌리면 도와줄 사람들은 있었지만 시간이 걸리더라도 혼자 일했다. 혼자 사무실에 앉아서 일을 하고 있으면 시름이 없어졌기 때문에 그것으로 족했다. 남편이 아팠을 때도 떠났을 때도 일을 하며 걱정거리를 잊었다.

집주인의 전화를 받은 후 약간 충격을 받았다. '한겨울에 이사라니, 집 없는 설움이 이런 것이로구나', '그래서 사람들이 힘 들여가며 집을 사는구나' 생각하며 집 없는 사람의 마음을 처음 이해하게 되었다. 생애 처음으로 느끼는 집 없는 설움을 남편이 세상을 떠난 해 겨울에 느꼈다.

집주인이 '집을 부동산에 내놓았다'는 말이 '지금 나가라'는 뜻이 아니란 것도 나중에 알았다. 마음의 여유가 없으니 '집 내놓았다'는 말을 '이사 가라'고 알아들었다. 충격에서 벗어나서 겨우 직장 임대아파트로 이사 가기로 계약했다. 그리고 이사 갈 집을 구했으니 이사비를 달라고 집주인에게 전화했다. 집주인은 줄 수 없다고 했다. 집이 팔리기도 전에 이사 갈 집을 먼저 구했기 때문에 집주인과 협상할 여지가 없었다.

자주 겪어본 일이었다면 집주인이 부동산에 집을 내놓았다는 전화를 했을 때 이사비 협상을 해야 했지만 이미 때는 늦어버렸다. 이미 임대아파트에 입주하기로 서류작성을 해 버린 상황이라 되돌릴 수 없게 되었다. 결국 집주인에게 이사비 받는 것은 포기하고 이사 준비를 시작했다.

갑자기 이사해야 하는 상황이 좋지 않았지만, 이사 갈 임대아파트에 방문해보니 17평짜리 집은 좁았고 도배상태도 불량했으며 전등 불빛이 집 안을 더 초라해 보이게 하고 있었다. 27평짜리 아파트에 있던 짐을 다 넣기엔 턱없이 좁은 공간이었다. 가구가 다 들어가기 힘들겠다는 생각이 들었다. 임대료가 저렴한 대신 아파트 도배나 장판, 수리는 입주자가 해야 한다고 했다. 엄두가 나지 않았다.

우선 급한 마음에 등부터 갈면 집 안이 환해 보일까 해서 조명가게에 들렀다. 한참 등 구경을 하고 있을 때 조명가게 사장님과 손님이 하는 이야기가 들렸다. 아파트 수리를 하는데 인테리어 사장님이 너무 잘해 주고 있다고 했다. 그래서 그 집에 방문해도 좋을지 물어보고 집 구경을 했다. 어차피 아파트 도배와 장판을 해야 했기에 그 인테리어 사장님에게 견적을 내서 도배장판을 하고 다른 수리도 같이 맡겼다.

세상은 혼자 살 수 없지만 남편과 나는 힘든 시기에도 혼자이기를 고집하며 지내왔다. 인테리어 업자에게 집수리를 맡겨 진행하면서 남편이 살아있을 때 생각이 났다. 전세를 넓혀 이사를 가기로 했는데 그때도 집주인은 도배를 해 주지 않겠다고 했다. 어렵게 집을 구했으니 도배를 해 달라고 억지를 부릴 수 없어서 필요한 부분과 거실 한쪽 벽면만 포인트 벽지를 구입해서 직접 시공하기로 했다.

남편은 몸이 아팠기 때문에, 입주 전에 나와 큰아이가 자주 아파트에 갔다. 우리는 필요한 물건을 사서 갖다 두거나 손볼 부분을 고쳤다. 이사하기 며칠 전 아이들과 아파트를 방문했다. 나는 가스레인지 근처에 있던 못을 빼려고 안간힘을 쓰다가 그만 드라이버로 이마 가운데를 찍어 버렸다. 피가 철철 났다. 이러다 죽는가 싶었지만 내색할 수 없었다. 아픈 남편에게 말할 수도 없었고 아이들이 놀

랄까 해서 아픈 내색도 할 수 없었다. 이마를 싸매고 운전을 해서 가까운 병원 응급실에 갔다.

그해 온 가족이 한 번씩 병원 응급실에 갔다. 작은아이는 친구의 실수로 돌 파편에 맞아 이마에 상처를 입었고, 큰아이도 얼굴에 상처를 입었다. 나는 이마에 상처를 얻어 응급실에 갔고, 남편도 건강 상태가 악화되어 응급차로 병원에 실려 갔다.

흉선암을 앓고 있던 남편은 몸이 편치 않아 집에 머물러 있었다. 이사 전날, 큰아이와 밤이 늦을 때까지 집 청소와 수리, 도배를 했지만 포인트 벽지는 손도 대지 못했다. 이미 높이와 폭이 풀칠된 채 배달된 줄무늬 포인트 벽지를 그림에 맞춰 벽면에 붙이려고 밤 12시까지 붙였다 떼었다를 반복했다. 벽지 한쪽을 내가 들고 한쪽을 큰아이가 잡고 무늬에 맞추어 붙이는 일이 쉽지 않았다. 결국 새벽이 되어서야 포인트 벽지 시공을 마쳤다.

어떤 일을 당했을 때는 사건이 작든 크든 충격이 남는다. 밤을 새워 벽지를 도배했듯이 남편이 살아있을 때나 남편이 세상을 떠난 후 하루 종일 일을 하며 상처를 잊으려고 애썼다. 어떤 사람이 하루 종일 일만 하고 있다면 그 증상은 현실에 대한 회피이며, 우울증이다.

혹시 하루 종일 일만 하고 있는 분이 있다면 그들이 왜 우울해하는지 한 번쯤 가늠해 보고 차 한 잔이라도 나누면 좋겠다. 어떤 사람이 하루 종일 일만 하며 일에 빠져 있는 순간은 망각으로 가는 문을 여는 순간이기 때문이다.

도무지
흥미로운 일이 없다

　남편 장례식을 치르고 온 날 꿈을 꾸었다. 여러 가지 꿈을 꾸었지만, 눈을 뜨자 어두운 화장장(火葬場)에서 남편의 관이 화장(火葬)되기를 기다리는 장면만 선명히 뇌리에 남았다. 잠에서 깼을 때 남편이 없다는 사실을 실감할 수 없었다. 남편은 집에 없었고 방안은 깜깜했다. 울음도 나지 않았다. 그냥 눈을 뜨고 누워 있었다.

　그가 세상을 떠나던 날 아침, 출근 준비를 하고 있는데 병원에서 전화가 왔다. 남편이었다. "오늘은 기분이 너무 좋아"라고 이야기했다. 전날 밤에 생전 화를 내는 일이 없던 남편이 시댁식구들 앞에서 나에게 화를 내는 바람에 깜짝 놀랐다. 그래서 남편의 아침 전화가 반가웠다. 반갑게 대답하고 있을 때 남편의 기침소리가 들리는 동시에 전화가 끊어졌다.

　바로 병원에서 전화가 와서 가족들 모두 병원으로 오라고 했다. 학교 갈 준비를 하고 있던 아이들을 데리고 병원으로 갔다. 시아주버님께 전화하고 친정에도 전화를 했다. 병원에 도착했을 때 남편은 이미 의식이 없었다. 중학교 2학년, 초등학교 3학년이었던 아이들을 데리고 황망하게 병실에 들어갔다.

아이들이 양쪽에서 아빠를 부르며 울었다. 아이들이 큰 소리로 울자 의식이 없다고 생각했던 남편의 눈에서 눈물이 흘렀다. 남편은 눈을 뜨고 있지는 않았지만 우리가 올 때까지 기다렸다. 그 모습을 옆에서 지켜보고 있던 시아주버님도 돌아서서 어깨를 들썩였다. 우리가 도착한 지 얼마 지나지 않아 의사가 남편이 세상을 떠났다고 말했다.

장례식을 치르는 동안 남편이 세상을 떠났다는 사실을 실감할 수 없었다. 남편의 죽음을 애도하기 위해 문상을 하러 오신 분들과 인사를 하다 보면 기가 막혀 참던 울음이 꾸역꾸역 올라왔다. 울고 또 울었다. 병원 장례식장에서 염을 하기 전날, 시체보관실에 가 보았다. 혹시 깨어났는데 시체보관실에 갇혀 있어서 못 나오고 있는가 하고 걱정이 되었다. 문을 열고 얼굴을 만져 보았다. 생전 모습 그대로였지만, 눈을 뜨지 않았다.

화장장으로 이동하면서도 화장장(火葬場)에서도 '어쩌면 깨어날지도 모르는데… 화장(火葬)을 하면 안 될 텐데 어쩌지?' 하고 걱정이 되었다. 의사의 사망진단을 믿었고 남편이 살아 돌아올 가능성이 없다는 사실도 알았지만 사망진단을 받은 지 만 2일이 되었을 뿐인데 바로 화장(火葬)을 하다니 뭔가 잘못하고 있는 것 같았다.

장례식 날 밤 화장장에서 했던 생각이 되살아났다. 잠에서 깨어 눈을 뜨고 누워 천장을 바라보고 있으면서도 화장을 하면 안 되는 사람을 화장한 것 같아 잘못했다는 생각이 자꾸 들었다. 남편이 세상을 떠나고 나자 병원에서든 어디서든 아침저녁으로 전화를 하던 남편은 더 이상 전화를 하지 않았다. 한두 달 동안 무의식적으로 계속 전화를 기다렸다. 전화가 올 것만 같았다. 있어야 할 사람이 없어졌다는 사실이 실감나지 않았다. 믿을 수 없었다.

장례식을 치르고 나서 출근하기 전날, 몇 가지 물건을 구입하기 위해 밖으로 나갔다. 어떤 말로도 설명하기 힘든 기분이었다. 숨을 쉬지 않는다고 살아있던 사람을 사흘 만에 화장을 해서 장례식을 치르고, 또 살아보겠다고 뭐하는 짓인가 싶었다. 3월 햇살이 너무 맑았다.

다시 출근했다. 일을 했다. 기가 막혔다. 사람이 없어도 일은 해야 했다. 사람이 있든 없든 직장이 있는 한 일은 계속된다는 사실을 몸으로 느꼈다. 일은 사람을 위해 존재하지 않았고, 사람이 직장을 위해 일했을 뿐이었다. 남편이 살았을 때와 다름없는 일상이 반복되었다. 하루하루.

일상은 느리게 때로는 빠르게 지나갔다. 장례식을 치른 후 사람이 죽었는데도 출근해서 일을 한다는 사실이 기가 막혔지만, 시간이 지나면서 매일 출근하는 일이 오히려 감사했다. 집에 멍하게 있었다면 그 시간을 어떻게 보낼 수 있었을까? 다행히 할 일은 찾으면 많았고 일을 하고 있으면 시간은 잘 갔다. 직장에 있는 동안은 말없이 앉아서 일만 했다. 말을 하고 싶지 않았고 먼저 말을 거는 사람도 별로 없었다.

퇴근 뒤 집에서 남편이 운동하던 트레드밀만 덩그러니 있는 넓은 마루와 남편이 쓰던 방을 보고 있으면 온 집이 꽃샘추위에 얼어붙은 듯 추웠다. 하고 싶은 일이 없었다. 집이 너무 넓었다. 무심히 지냈지만 어떤 일에도 흥미가 없었다. 직장에서는 할 일이 있었지만 집에서는 무엇을 해야 할지 알 수 없었다. 맑은 하늘 가운데 구멍이 뻥 뚫려 있는 것 같았다.

어려서 시골에서 혼자 찔레 순을 꺾고 진달래를 따먹으며 산천을 뛰어다니며 놀거나 친구들과 공기놀이나 술래잡기를 하며 자랐다. 책을 읽는 습관도 공부하는 습관도 없었다. 중학교에 진학하자 아버지께서 세계명작전집과 한국문학전집을 구해 와 나와 동생들이 읽도록 하셨다. 처음에는 '집에 둘 데도 없는데 왜 쓸데없이 책을 사시지?'라고 생각했지만, 집에 책이 있으니 할 일이 없어 무료할 때 책 몇 권을 읽었다. 『김약국의 딸들』, 『봄봄』, 『탁류』, 『부활』 등 손 가는 대로 몇 권을 읽었다. 책은 전시용에 가까웠다. 늘 바쁜 부모님은 책을 읽을 시간적 정신적 여유가 없으셨고, 자식들에게 책을 읽으라고 말씀하시는 법이 없었다. 나는 아기가 걸음마를 하듯 띄엄띄엄 뒤뚱뒤뚱 책을 읽었다. 책을 많이 읽지는 못해도 좋아하게 되었다. 책을 읽고 있으면 마음이 편안해졌기 때문이다. 책을 읽으면 책 속에서 희망을 찾을 수 있었기 때문에 남편이 살아있는 동안에는 잘 버틸 수 있었다. 그렇지만 남편이 세상을 떠난 후 한동안 책을 읽을 수 없었다.

가까이에 있던 사람을 떠나보냈거나 큰 충격을 받으면 마음의 평정이 무너진다. 나는 그것을 '허무의 늪'이라고 부르고 싶다. '허무의 늪'에 빠지면 세상일에 대한 흥미는 사라지고 의미 있게 느껴지는 일이 없다. '허무의 늪'에 빠지면 오직 자신만이 자신을 구할 수 있을 뿐이다.

'허무의 늪'은 누구에게든 찾아올 수 있다. '허무의 늪'이 찾아왔을 때는 평소에 심지가 굳고 단단하던 사람도 무너지기 쉽다. 힘이 들고 어려울 때는 차라리 대성통곡하는 편이 낫다. 힘이 들고 화가 나면 혼자 노래방에 가서 노래를 부르든 친한 친구나 가족을 붙들고 대성통곡을 하든 어떤 형태로든 마음 속 감정을 밖으로 표출해야 한다.

화가 났을 때 감정을 내면으로 쏟아 부으면 우울증이 된다. 내가 느꼈던 '허무의 늪'이 일종의 우울증이었다. 어떤 사람이든 가까운 사람을 떠나보냈거나 큰 충격을 받았을 때는 '허무의 늪' 가까이에 있다. 누구나 한두 번 겪을 수 있다. '그런 때가 오면 나는 큰 소리로 울겠다'는 결심이 필요하다.

치워야
하는데

남자들은 시각이 발달했기 때문에 집 안 정리 상태에 대해 여자보다 더 민감하다. 맞벌이 가정에서 가사분담을 하는 경우, 여자는 요리, 남자는 청소나 재활용품 분리수거를 맡는 경우가 많다. 요즘 맞벌이 남편들은 이전보다 훨씬 더 많은 집안일을 한다.

어렸을 때 시골동네 둑길 너머에 시냇물이 흘렀다. 여름이 되면 동네 아이들과 여름 내내 물장구를 치며 놀았다. 아이들은 가끔 세숫대야에 빨랫감을 담아가서 빨래를 하기도 했다.

나도 집안일을 돕고 싶었다. 하루는 친구들이 빨래를 하러 가자고 해서 세숫대야에 빨래비누, 옷가지들을 담아 시냇가로 나가다가 엄마에게 혼이 났다. 친구들과 시냇가에서 빨래하고 싶었던 바람과 부모님을 도와 집안일을 하고자 했던 내 바람은 하늘로 날아가 버렸다.

어렸을 때 '왈가닥 루시'라는 미국 코믹 프로그램에서 주인공인 루시가 엉뚱한 행동으로 웃음을 줬다. 사람들은 나를 '왈가닥'이나 '털팔이'라고 불렀다. '털팔이'는 '더펄이'의 방언으로 붙임성이 있고 행동이 활발한 사람을 얕잡아 부르는 말이다. 내가 무슨 일이든 잘 잊어버리고 덤벙거렸기 때문에 엄마는 내가 집안일 한다고 이곳저곳 들쑤시고 다니는 걸 좋아하지 않으셨고 할머니도 집안일을 시키지 않으셨다.

결혼 초에는 익숙하지 않은 집안일을 혼자 다 했다. 다행히 직장 업무도 많지 않았고, 남편에게 가사분담을 하자고 잔소리를 하기도 싫었다. 남편은 집안일을 할 생각도 관심도 없었다. 원래 여자가 다 하는 건가 보다 하고 내버려 두었다. 내 직장 업무가 조금이라도 과중해지면 온 집안이 엉망이 되어 정리되지 않는 상황이 반복되었다.

아이가 둘이 된 후, 집안이 엉망인 상황이 반복되자 남편은 어쩔 수 없이 집안 청소를 하게 되었다. 시각에 민감한 남성적 특성 때문인지 집안이 어지러우면 견디지 못했다. 정리정돈을 잘 하지 못했던 나는 인사이동 직후나 일이 많은 부서에서 근무할 때는 육아와 직장 일로 정신을 차릴 수 없었다.

집안이 어지러워 남편이 청소를 하는 날이면 온갖 잡동사니가 자취를 감추고 깨끗해졌다. 남편은 청소를 할 때 내 의사를 묻지 않고 본인이 버리고 싶은 물건은 모두 버렸다. 가끔 어떤 물건이 필요해서 찾았을 때 없으면 남편이 청소하면서 버렸다는 사실을 알게 되었다. 내 물건이나 쓸 수 있는 물건을 버리는 남편을 이해할 수 없었다.

우리 가정의 불행은 여기서 시작되었는지도 모른다. 쓸 수 있는 물건을 버리는 일은 내게 용납될 수 없는 일이었고, 특히 내 물건을 마음대로 버리는 일은 견딜 수 없이 나를 화나게 만들었다. 화가 나면 화가 난다고 말을 했어야 했다. 부모님이 어려서 노상 싸웠기 때문에 나는 남편과 싸우기 싫었다. 아무 말 없이 넘어가거나 방에 들어가서 나오지 않았다.

청소할 때 "내 물건 마음대로 버리지 말라"든지, "물건을 마음대로 버리려거든 나를 먼저 버리고 버려"라고 말해도. 남편은 귓등으로 들었다. 같은 말을 매번 반복해도 그때뿐이었다.

남편이 세상을 떠나자 무엇이든 버리고 싶지 않았으며 매사 정리할 필요가 느껴지지 않았고 세상 모든 일이 귀찮아졌다. 집안을 치워봐야 뭐하랴 하는 생각뿐이었다. 살림살이를 다독이다가도 쉽게 힘이 빠졌다.

아이 방은 물론이고 내 방도 엉망이었고 마루는 마루대로 정리가 되지 않았다. 부엌에는 그릇이 넘쳐나도 내버려두었다. 온 집안이 엉망이었고 배고프면 먹었지만 때로는 제대로 먹지도 않았다.

남편의 죽음으로 세상 모든 일이 뜻대로 되지 않는다는 생각에 나는 갈수록 힘이 빠졌고, 아이들을 제대로 보살피지도 못했다. 모든 일은 눈앞에 닥치면 그때서야 챙기기 시작했고, 그러면 어떤 일이든 매번 정해진 시간에 마치지 못했다. 정해진 시간에 못다 해도 그뿐이었다. 그러면서 조금씩 더 힘이 빠져갔다. 실패를 강화하는 악순환이 시작되고 있었다.

무슨 일을 해야 할 때 제때 제시간을 맞추는 건 직장에서뿐이었다. 어떤 일을 하려고 하다가 시간을 지키지 못해 하지 못하게 되는 일이 많았고, 시간을 지키지 못하게 되면 기운이 빠졌고, 기운이 빠지면 그 일은 다시 시도하지 않았다. 이제 한창 사춘기인 큰아이는 제 말을 들어주지 않는 엄마에게 서운해 했고, 제가 하고 싶은 말을 내가 들든 말든 끝없이 하는 큰아이에게 응수해 주기도 힘이 들었다.

사춘기였던 큰아이와 나는 걸핏하면 싸웠다. 아이는 엄마가 자기 말을 들어주지 않는다고 불만이 많았다. 다정다감한 성격인 큰아이는 친할머니 집에 갔을 때 "아이고 내 새끼 왔나!" 하는 말을 제일 좋아할 만큼 사람의 인정을 그리워하는 아이였고, 나는 누가 옆에서 같은 이야기를 반복해서 하는 것을 견디지 못했다.

큰아이에게 한두 마디 대꾸를 하고 나면 나는 지쳐 나가떨어졌지만 큰아이는 제가 하는 말을 듣지 않는다고 끝없이 불만을 쏟아냈다. 그런 일들이 반복되자 사춘기였던 큰아이의 반항이 시작되었다. 걸핏하면 방에 들어가 문을 잠갔다. 나는 아이가 방에 들어가 문을 잠그는 꼴은 볼 수가 없었다. 아이가 방에 들어가 문을 잠그면 쫓아가 억지로 문을 열게 했다.

집안은 엉망이었고 나는 갈수록 피폐해졌다. 친정엄마는 가게를 하시느라 바쁘셨지만 집에 와서 먹을 것을 챙겨 주시고 가곤 했다. 엄마 입장에서는 딸이 많이 답답했을 것이다. 집에 와서 청소를 해 주기도 하셨다. 친정엄마가 불시에 쳐들어와서 계속 잔소리하며 집안 청소를 하고 가시고 나면 도리어 화가 치밀어 올랐다. 제발 오지 말라고 말하고 싶었다. 말을 하지 않더라도 내 의사는 전달되었다. 차츰 엄마의 발길이 뜸해졌다.

『청소력』에 보면 저자가 사업에 실패한 후 집안을 엉망으로 해놓고 있을 때 한 친구가 찾아와서 집안을 깨끗하게 청소해 준다. 저자는 청소업을 하던 그 친구 덕분에 심기일전해서 새 삶을 찾게 된다.

엄마도 집안을 깨끗하게 해 주면서 내가 심기일전하기를 바라셨지만 그런 일은 일어나지 않았다. 그때는 그런 마음을 이해하지 못했다. 지금은 엄마께 "고맙습니다"라고 말할 수 있다.

나는 집안을 엉망진창으로 어질러 놓고 치우지 않은 채, 나에게도 아이들에게도 엄마에게도 일찍 세상을 떠난 남편에게도 세상에도 화를 내고 있었다. 치워야 하는데… 마음뿐이었다.

틈만 나면
겨울잠

아침 5시 30분에 알람소리를 듣고 잠에서 깼다. 7시까지 사무실에 도착해야 하는 날은 알람소리를 듣고 일어나면 정신없이 챙겨 쫓기듯 사무실로 뛰어나갔다. 아침에 일어나서 준비하고 나가기까지 나를 당기는 긴장과 스트레스는 흡사 고무줄을 튕겨 놓은 듯했다. 강제 기상은 힘이 들었다. 일어나면 씻고 밥 챙겨 먹고 나가기 바빴다. 한 달에 한두 번 주말 아침에 있었던 일이다. 평일에는 오전 8시 전후에 출근해서 밤 10에서 12시 사이에 퇴근했다. 평일 근무 외에도 주말 근무가 있는 날은 신경이 곤두서고 힘이 들었다. 매 근무부서마다 근무환경은 조금씩 달랐지만, 크게 봤을 때는 퇴근 시간이 조금 빠르고 늦은 차이가 있을 뿐이었다.

결혼하기 전부터 직장에 안 가는 토요일, 일요일에는 피곤에 절어서 잠만 잤다. 결혼 전에는 비교적 출퇴근이 자유로운 환경이었지만 차가 없어서 시외버스를 타고 출퇴근을 했다. 시외버스 타는 일이 만만치 않았다. 그래서 한 주가 지나면 온몸에 기운이 없었다. 동생들이 텔레비전을 보고 있으면 토요일, 일요일 내내 정신없이 잠만 잤다.

억지로 일찍 일어나 늦게까지 일을 하는 생활이 매일 반복되니 주말에 피곤이 몰려와서 견딜 수 없었다. 금요일 밤에 긴장이 풀려 잠이 들면 토요일, 일요일에는 아침 일찍 일어날 수 없었다. 일찍 일어나면 오전 10시경에 일어나지만 늦은 날은 오후 3~4시까지 자리에서 일어나지 못했다.

남편이 세상을 떠난 후 몇 년 동안 그 상태가 유지되었다. 어떤 의욕도 없었기 때문에 그대로 있었다. 아이들을 챙겨야 했지만 아이들도 나와 비슷한 상태였다. 내가 일어나면 일어나고 내가 자면 잠을 잤다. 토요일, 일요일 동안 물건을 사러 나가는 일도 별로 없었다. 늦게 일어나 아침 겸 점심을 챙겨먹고 집안을 왔다 갔다 하며 주중에 하지 못했던 빨래와 청소를 조금 하고 나면 해가 저물었다.

학생 때도 그런 적이 있었다. 혼자 살다 보니 알람을 듣고 깨워주는 사람이 없었다. 토요일, 일요일이나 전날 밤 늦게 잠이 든 날은 평일에도 일찍 일어나지 못했다. 잠이 많았던 나는 늦게 자고 늦게 일어났다. 아침에는 겨우 학교 수업시간에 맞추어 뛰어가기 일쑤였다.

평일에 일하고 주말이면 녹초가 되었다. 한 주를 보내고 나면, 주말에는 잠을 자야 했다. 직장생활이 피곤하기도 했지만, 그보다 하루하루 사는 삶이 피곤했고 허무했다. 잠을 자고 있으면 모든 것을 잊을 수 있었다. 잠을 자면 온갖 꿈들이 몰려왔다. 자주 볼 수 없었던 큰아버지께서 꿈에 나타나기도 했고, 길을 따라 가면 이상한 곳이 나오기도 했다. 밤에 꿈을 많이 꾸는 날에는 자다가 잠에서 깨어 눈을 뜨고 천장을 바라보았다. 천장에는 집 밖 가로등 불빛이 비치어 밝고 연한 불빛 그림자들이 흩어져 있었다. 뚜렷한 악몽은 아니어도 신경 쓰이게 하는 이상한 꿈들을 많이 꾸었다.

몸이 피곤하기도 했지만, 신경과 정신이 피곤했다. 잠을 자지 않고 있으면 시간을 보내기가 힘이 들었다. 맨 정신으로 버티기 힘이 들었다. 혼자 있는 상황이 힘이 들었고, 옆에 있던 사람이 어느 날 사라졌다는 사실이 힘이 들었다. 인정하고 싶지 않았지만, '내가 잘못해서 갔나. 내가 좀 더 잘했으면 괜찮았을까, 나를 만나지 않았으면 좋았을 텐데' 하는 자책감과 함께 '남편은 왜 나랑 결혼했을까? 이렇게 빨리 갈 거면서…' 하는 원망의 마음도 들었다.

술을 잘 마셨다면 술을 마셨겠지만, 술도 못 마시는 나는 잠만 잤다. 술을 좋아했거나 잘 마셨다면 '알코올 중독'이 되었겠지만 술에 약해서 술 대신 직장에 있는 동안에는 '일 중독', 집에 있는 동안에는 '잠 중독'이었다.

남편이 살아있는 동안에는 '암'이라는 병이 주는 중압감에 눌렸다. 조금 나아지더라도 언제 다시 찾아올지 모르는 무서운 손님이 집 밖에서 기다리는 것만 같았다. 남편이 살아있는 동안 남편에게 말한 적은 없지만 도둑이 집으로 들어오는 꿈을 꾼 적이 있다. 큰아이도 밤에 누가 따라오는 꿈을 꾼 적이 있다고 했다.

어떤 일이 일어났을 때는 그 일이 주는 직접적인 공격성이나 파괴력보다는 그 힘이 주는 공포가 사람을 더 힘들게 한다. 남편이 아픈 동안에는 매일 '나아질 거다'라고 생각해도 '암'이라는 병이 주는 공포가 끊임없이 주위를 맴돌았고, 무의식까지 짓눌렀다. 좋은 이미지를 시각화하면 좋아질 수 있다는 생각을 하며 즐겁고 기쁘게 생활하려고 해도 즐겁고 기뻐지지 않았다.

남편이 떠난 후에도 마찬가지였다. 내 잘못이 아니니 다 잊어버리고 즐겁게 생활하고 사람들을 만나면 된다고, 누구든지 쉽게 말할 수 있고 쉽게 생각할 수 있지만 이미 일어난 일에 대한 어두운 생각의 고리는 좀처럼 끊길 줄 몰랐다.

남편이 아픈 동안 따라 다녔던 '암'이라는 병과 '죽음'이라는 그림자는 걷혔지만, 남편이 살아있던 동안 나를 짓눌렀던 공포와 두려움이 다시 무의미하고 허무한 삶에 대한 생각의 고리를 재생산하고 있었다. '내가 이러면 안 되는데' 생각을 해도 그 생각의 고리에서 벗어날 수 없었다.

동물들이 겨울잠을 자듯이 계속 잠을 잘 수밖에 없었던 이유는 내가 약했기 때문이다. 이 세상을 향해 거침없이 살아가는 듯해도 내 속에는 공포와 두려움이 똬리 틀고 있었고, 다시 허무와 허탈함이 나를 점령하고 있었다.

잊어야 했다. 망각이 필요했다. 나는 무의식적으로 술 한 잔 대신 잠을 선택했다. 한동안 일로 인한 피곤함과 잠이 주는 망각의 강에 몸을 담그고 있었다. 3~4년을 그런 속에 있었다. 지금 그런 분들이 있다면 나는 뭐라고 할 말이 없다. 다만 안아주고 싶다. 괜찮다고 말해 주고 싶다. 주변에 그런 분들이 있다면 괜찮다고 말하며 안아주기 바란다. 어쩌면 안아주는 걸 싫어할지 모른다. 그렇다면 지켜보기라도 해 주기를….

드라마
또는 게임

어려서부터 TV를 좋아했다. 텔레비전 드라마도 굉장히 좋아했다. MBC 주말연속극 중 '사랑과 진실', '사랑과 야망'을 좋아했고 '아들과 딸'을 즐겨봤다. 공중파 방송만 송출되던 때여서 TV 채널도 사람들 생각도 심플했다. 우리 집은 저녁 8시가 되면 저녁식사를 하면서 드라마를 봤다.

어려서부터 텔레비전을 보고 있을 때는 집중력이 좋았다. 주위에서 누가 뭐라고 해도 흐트러짐이 없었다. 나에게 조금이라도 집중력이 있다면 그때 길러진 것인지도 모른다. '사랑과 진실'은 나에게 특별한 의미를 주었다. 주인공은 부잣집 딸로 태어났지만 유모의 손에 의해 친딸과 운명이 바뀐다. 어려운 환경 속에서 성장하지만, 환경에 굴하지 않고 열심히 공부하고 일해서 결국 좋은 남자를 만나 행복하게 된다는 내용이었다.

어려서 아무것도 모르면서도 TV를 좋아했던 이유는 처음 본 TV가 신기한 것도 있었지만, 대개 드라마는 권선징악으로 마무리되었고 영화나 오락프로그램들은 분위기가 밝고 경쾌했기 때문이었다. 드라마나 영화는 주인공이 나쁜 사람들을 만나 초반에는 고생을 하다가 마지막에는 행복한 결말을 맺으니 보고 있으면 저절로 흐뭇해졌고, 노래는 들으면 힘이 났다. 주위에서 볼 수 없는 밝음과 경쾌함이 TV 속에 있었다.

남편이 투병 중이었을 때 주말에 '무한도전'을 즐겨봤다. 보고 있으면 생각을 하지 않아도 되었기 때문에 좋았다. TV를 보고 있으면 불안한 마음이 날아갔고 웃음이 났다. 웃으면서 힘을 내서 지푸라기 하나라도 잡고 싶었다.

남편이 세상을 떠난 이후에 집에 혼자 있으면 온 집 안에 찬바람이 윙윙 몰아치는 것 같고 추웠다. 세상이 적막했다. 삶이 허무하고 의미 없게 느껴졌다. 시간이 느리게 흘렀다. 책 읽기를 좋아했지만, 책조차 손에 들 수 없었다. 뭉친 마음을 어떻게든 풀어야 했지만, 울지 않았다.

처음에는 남편이 있을 때와 똑같은 생활이 반복되었다. 남편이 있든 없든 반복되는 생활이 지루하고 괴로웠다. 조금씩 일상생활이 무너지기 시작했고 쉽게 시간을 보낼 수 있는 방법이 필요했다. TV는 아무런 노력 없이 틀어 놓기만 하면 되었다.

어렸을 때는 드라마를 좋아했지만, 오랫동안 TV를 보지 않았다. 온갖 잡념으로 시간 보내기가 힘이 들었다. 시간을 보낼 목적으로 드라마 보기를 시작했다. 몇 년 전에 인기 있었던 드라마 '꽃보다 남자'를 처음 봤다. 보고 있으니 다른 생각이 나지 않았다. 그냥 잘 생긴 남자 배우와 여자 배우가 울고 웃는 모습을 보고 있으면 현실을 잊을 수 있었다. 그래서 같은 드라마를 몇 번이나 봤다.

한 번 드라마를 보기 시작하자 여러 편의 드라마에 빠져 들었다.

이전에 인기 있었던 드라마까지 시리즈로 봤다. 직장에서 스트레스를 심하게 받으면 어디 가서 소리를 지를 수도 노래를 부를 수도 없었고, 화를 내고 싶지도 않아서 집에 돌아와 드라마를 틀어놓고 봤다.

요즘 드라마 시리즈는 16편에서 20편 정도로 구성된다. 한 번에 몰아서 보면 한 시리즈를 주말에 다 볼 수 있다. 주말에 꼭 필요한 집안일만 하고 꼬박 앉아서 보면 된다.

TV를 보고 있을 때는 생각을 하지 않아도 되고 잡념이 들지 않아서 좋았다. 그러나 TV를 다 본 후가 문제였다. TV드라마 한 편을 다 보고 나면 역시 어김없이 공허함이 찾아왔다. '이건 뭔가? 저 사람들은 뭐 저렇게 잘 사나?', '나는 뭘 잘못했지?', '어떻게 살아야 하나?' 마냥 생각 없이 살고 싶었지만, 생각이 생각의 꼬리를 물었다.

TV를 보면서 발생하는 문제점은 그들의 삶과 내 삶은 다른데도 불구하고 비교하고 열등감마저 든다는 점이었다. 드라마가 행복한 결말로 끝을 맺으면 내 상황과 비교되어 괴로웠고 드라마가 불행한 결말을 맞으면 내 허무와 겹쳐진 그들의 불행이 증폭되어 머릿속을 휘저었다.

TV 드라마 시청도 중독이었다. '일 중독', '잠 중독'에 이어 '드라마 중독'에 사로잡혔다. 알코올 중독자들이 사회생활에서 충격을 받으면 알코올로 회피하듯 나도 직장생활에서 힘든 일이 있으면 집에 돌아와 드라마를 봤다. 그러면 알코올 중독 환자들이 알코올에 빠지면 헤어 나오기 어려운 것처럼 나도 드라마에서 헤어 나오지 못했다.

결말이 슬픈 드라마는 슬프게, 결말이 행복한 드라마는 행복하게 봤다. 그러나 보고 나면 암전이 찾아왔다. 내 인생과 아무런 상관이 없었고, 변화를 가져다주지 않았다. 어렸을 때 봤던 드라마처럼 권선징악이나 뚜렷한 메시지가 없었다.

요즘은 사람들과의 대화를 위해 필요한 드라마나 아이가 꼭 봐야 한다고 우기는 드라마를 가끔 본다.

최근에는 본 드라마는 '태양의 후예'와 '도깨비'이다. 인기 있는 드라마를 보지 않으면 대화에 끼지 못하기도 한다. 요즘에도 인기 있는 드라마들은 권선징악과 해피엔딩을 지향한다. 고전 소설도 권선징악을 내용으로 하는 걸 보면 요즘이나 조선시대나 사람들의 삶과 마음은 비슷한 게 아닐까 싶다.

하루를 살더라도 밝고 경쾌하게 살아야 한다고 생각했다. 기분이 다운될 때는 밝고 경쾌해지려고 해도 쉽게 되지 않았다. 기분이 가라앉고 주위와 단절된 채 통제가 되지 않는 경우에는 좋은 이미지를 떠올려 보려고 해도 아무것도 떠오르지 않았다.

드라마를 통해서 요즘 사람들의 생각과 트렌드, 변치 않는 사람들의 마음속에 존재하는 감정과 감성, 경쾌함을 통한 웃음을 배웠다. 나에게 부족한 점이었기 때문에 알지 못하는 사이에 상당 부분 도움을 받았다. 요즘은 남자들도 드라마를 많이 본다고 한다. 우리나라 남자들도 드라마를 좀 더 많이 봤으면 좋겠다.

침묵이
금일까?

매일 출근을 하면서 "반갑습니다"라고 인사한다. 어떤 분은 같이 "반갑습니다"라고 말하고, 어떤 분들은 "안녕하세요?"라고 말해 준다. 또 어떤 분은 아무런 말도 하지 않는다. 출근했을 때 같이 인사해 주는 분들이 하루의 힘을 준다.

매일 출근할 때 "감사합니다"라고 답해 주시는 분, "반갑습니다"라고 인사해 주시는 분이 있으면 그 날은 기분이 더 좋다. 물론 "안녕하세요?"라고 인사해 주셔도 좋은 하루가 된다. 인사 안 해 주시는 분을 만나면 조금은 서운하지만 그래도 괜찮은 하루가 된다. 출근할 때 "반갑습니다"라고 인사하고 나면 하루 종일 업무적인 말 외에는 별로 말할 일이 없는 날도 있다.

한동안 말없이 일만 하면서 지냈다. 모두 자기 업무에 바쁘면 자연히 사적인 말 없이 하루 종일 일만 하게 된다. 물론 일을 하면서 말을 하지 않을 수 없다. 단지 일을 위해서 하는 말은 지극히 공식적인 업무에 관한 말이기 때문에 말보다 서류에 가깝다. 하루 종일 일을 하면 시간이 잘 가기 때문에 좋았다. 별로 불만이 없었다.

복잡하거나 힘든 일이 아니어서 공장에서 컨베이어 시스템으로 다음 일거리가 밀려오는 것처럼 수많은 문서들이 차례차례 들어오고 그러면 문서를 하나하나 검토해서 또 문서를 만들거나 처리하고 나면 끝이었다. 무미건조하고 단순한 일이었지만 일을 하고 있으면 정신이 맑아지고 마음이 건전해졌다.

매일 같은 생활을 하면서 어떤 변화를 만들고 창조해 가야 하는가? 그것은 자기 자신과의 대화 과제이다. 한동안은 일을 하면서 자기 자신과의 대화도 단절되었다. 타인과의 대화가 단절되더라도 자신과의 대화는 이어가야 하지만 하루하루의 일상을 헤쳐 나가기도 힘이 들었다.

하루 종일 같은 일만 반복하다 보면 하루 한두 번은 커피타임이 필요했다. 혼자 일하면서 마시는 경우가 많았고, 같이 근무하는 동료와 커피를 마시기도 했다. 커피를 한 잔 마시고 나면 약간의 휴식이 찾아온다. 작은 마음의 휴식이 커피를 계속 마시게 하는 이유이다.

커피 한 잔은 마음에 위안이 되었다. 아침에 출근하면 한 잔, 점심식사 후에 한 잔. 커피믹스를 하루 평균 두 잔 마셨다. 점심시간에는 산책을 하거나 쉬었다. 스트레스나 힘든 일이 있는 날은 커피를 더 많이 마셨다. 커피를 좋아했지만 커피를 많이 마시면 속이 부대꼈다. 편치 않았다. 그렇지만 그럼에도 불구하고 스트레스를 가라앉혀 주었기 때문에 위로가 되었다.

혼자서 커피를 마시는 날은 하루가 길었다. 서늘하고 어두운 긴 복도 끝에 홀로 서 있는 느낌이었다. 혼자 긴 복도 끝에 서 있는 느낌이 든다고 다른 사람에게 커피를 같이 마시자고 하고 싶지도 않았고 이야기할 말도 없었으며 어떤 말도 듣고 싶지 않았다. 사람들과 어울리기 위해 반갑고 살갑게 이야기하면 누구나 싫어할 리 없었지만 침묵이 필요했다.

커피를 마시면서 다른 분들과 잡다한 이야기를 할 때도 특별히 이야기할 거리가 없었다. 매일 같은 사람과 비슷한 이야기를 하다 보면 이야기 소재도 바닥난다. 날씨 이야기, 가족 이야기가 전부였다. 마치 감옥에 갇힌 죄수 두 사람이 하늘에 흘러가는 구름을 쳐다보며 바깥 날씨 이야기를 하는 것 같은 느낌이었다.

하루 종일 업무적인 대화 외에는 아무 말도 하지 않을 때도 있었다. 직장에서 말없이 일만 하고 있으면 답답하기도 했지만 편안하기도 했다.

내가 침묵했던 이유는 우울했기 때문에 사람들과 어울려 온갖 이야기를 할 힘이 없었고, 조용히 있고 싶었기 때문이었다. 사람들이 하는 이야기를 듣고 있으면 다 부질 없고 허무했다. 무엇보다 사람들과 내 개인적인 이야기를 하고 싶지 않았다.

또 다른 이유는 사람들끼리 모여서 이야기하다 보면 다른 사람들에 관한 이야기를 하기 쉬웠고 다른 사람들이 사는 이야기를 들으면 한 순간 흥미롭지만, 반대로 내 이야기가 다른 사람들 입에 오르내린다고 생각하면 내키지 않았다.

건강하고 쾌활한 사람들이 모여 이야기를 하면 멀리에서도 이야기 내용이 다 들린다. 그렇지만 작은 소리로 소곤소곤 이야기할 때는 주위 사람이 들으면 불편할 이야기를 한다. 사람들이 모여서 소곤소곤 이야기를 하고 있으면 '내 이야기를 하나?' 하고 신경이 쓰였지만 그뿐이었다.

남편이 세상을 떠난 지 얼마 안 되는 시점이었으니 주위 사람들은 이런 저런 하고 싶은 이야기도 있을 수 있었다. 어떤 날은 바로 코앞에서 내 이야기를 하기도 했다. 그 이야기는 내가 들으라고 하는 이야기이기도 했지만 못 들은 척하고 지나쳤다. 내 이야기를 한다고 싸울 수도 없었고, 싸워서 이길 수도 없었다.

사람들이 모여 이야기할 때 함께 하지 않고 자기 할 일만 하면 주위 사람들에게 건방지다는 인상을 주거나 밉상이 되기 쉽다. 오해받지 않기 위해 겸손한 태도를 취하고 눈에 띄지 않도록 최대한 애를 썼다. 이전에도 다른 사람들과 어울리지 않으면 오해받는 경우가 종종 있었기 때문이었다.

사람은 하루에 몇 마디 이상은 말을 해야 한다고 한다. 정해진 만큼 말을 하지 않으면 우울증이 된다. 또 분노를 내면으로 표출하면 우울증이 생긴다고도 한다. 내 경우, 감정을 밖으로 나타내지 않았고, 조용히 지내려고 애썼기 때문에 다른 사람들 눈에 띄지 않았지만, 속으로 고름이 차고 곪았다. 차라리 화가 나면 화를 내고, 소리를 지르고 싶으면 소리를 지르고, 울고 싶으면 대성통곡이라도 하는 편이 나았다.

우울하다는 이유로 조용히 숨어 지냈지만, 주위 사람들은 내 상황을 이해하려고 애를 썼다. 내가 거절했지만 상을 받을 수 있도록 추천해 주기도 했고, 말을 붙여 주었고, 친절하게 대해 줬다. 집에서는 아이들에게도 말을 많이 하지 않았다. 원래 남자처럼 직설적이어서 다정다감한 성격은 아니었지만 남편이 세상을 떠나자 아이들도 충격을 받았을 텐데도 별다른 위로를 해 주지 못했고 많이 안아 주지 못했고, 정감 있는 말 한마디 제대로 해 주지 못했다. 지금 아이들은 엄마가 저희들에게 제대로 말 한마디 예쁘게 해 주지 않았다고 지적한다.

오랜 침묵으로 인한 엄마의 부재에도 불구하고 나름대로 회복의 씨를 심고 있는 아이들을 보면 아이들에게조차 말을 하지 않고 침묵한 데 대해 빚을 갚아야 할 것 같다.

만남
회피하기

오후 7시가 되면 사무실에 혼자 남는다. '업무 마무리 빨리 하고 집에 가야지' 하며 서둘러 본다. 빨리 마무리가 되어 7시 30분쯤 퇴근하는 경우도 있지만 잘 풀리지 않으면 어느새 9시가 된다. 9시나 10시경이 되면 퇴근한다. 결국 업무를 빨리 끝내려다가 저녁을 거르게 된다.

직장생활을 하면서 자주 있었던 풍경이다. 업무를 맡으면 있는 힘껏 일했다. 늦으면 늦는 대로 이 정도면 되었다는 생각이 들 때까지 일했다. 그렇지만 일은 원하는 대로 빨리 끝낼 수 없었다. 일하다 보면 늦어지기 일쑤였다. 맡은 업무를 대충할 생각도 못했고 요령도 몰랐다. 늦게까지 일해도 고생했다고 말해 주는 사람이 없었다. 오히려 다른 사람들은 일찍 퇴근하는데 혼자 늦게까지 일하는 걸 보고 능력이 부족하다고 할까 창피해서 말도 할 수 없었다.

어떤 날 하루는 퇴근했던 상사가 빠뜨린 물건을 가지러 사무실에 들렀는데 늦게까지 일하고 있는 나를 보면서 안타깝다는 듯이 몇 마디 말을 하고 퇴근했다. 빨리 퇴근하라는 말과 함께 나에 대해 별로 좋지 않게 평하는 사람들에게 그렇지 않다고 변호했다는 말씀을 해 주셨다. 내 옆자리 직원도 가끔 하는 말이었다.

'내가 무슨 일을 얼마나 잘못했나?'

스스로에게 물어보았지만 별로 떠오르는 게 없었다. 다만 한 가지 집히는 점은 직장생활을 하면서 융통성 없이 일했고 어떤 모임에도 참석하지 않았다는 점이었다.

업무를 정해진 대로 했고 양보하지 않았다. 인사이동으로 근무기관이 바뀐 지 얼마 되지 않았기 때문에 새로운 업무와 분위기, 사람들에 적응해야 했지만 대단히 느렸다. 새로운 곳에서 빠르게 적응하기 위해 사람을 사귀면 도움이 되었을 텐데 그렇게 하지 못했다. 직장 동문모임이나 향우회 등에 참여해서 선배나 후배를 사귀며 아는 척도 하고 인사도 하면서 어떻게 생활해야 하는지 배워야 했지만 꽤 오랫동안 어떤 모임에도 참여하지 않았다.

남편이 투병생활 할 때였다. 인사이동으로 근무부서를 옮기면서 어려운 업무를 맡게 되었다. 생소한 업무여서 나름대로 일을 한다고 해도 좀처럼 완결되지 않았다. 업무파악이 제대로 되지 않았고 업무가 풀리지 않았다. 전문지식이 부족해서 밤낮으로 자료를 찾았고 관련도서를 구입해서 집에서 보기도 했지만 좀처럼 실마리가 풀리지 않았다. 그러니 야근을 할 수 밖에 없었다. 저녁 먹으러 집에 다녀오거나 늦더라도 마무리하고 가려고 늦게까지 남아서 일했다.

집에 늦게 귀가하는 날에는 몸이 피곤해서 잠이 와야 했지만 잠이 오지 않았다. 형광등 하얀 불빛 아래 업무관련 책을 보고 있으면 머리만 아플 뿐 잠은 오지 않았다. 보통 아무리 피곤해도 자리에 누우면 잠이 들었고, 책을 보면 잠이 오기 마련이었지만, 잠자리에 누워도 잠이 오지 않았고, 계속 책을 봐도 머리만 떵하니 아플 뿐 잠이 오지 않았다. 처음으로 잠을 못 자는 사람들의 고통에 공감할 수 있었다.

사무실 일도 골칫거리였고, 남편의 병세도 고민이었다. 고민이 되어 머리가 아프고 잠이 오지 않았다. 밤에 잠을 자지 않고 있을 때 지난 일들이 생각났다. 잠에 들지 못하고 머릿속으로 직장 업무를 걱정하다가 남편 병세를 걱정하다가 하며 온갖 걱정과 억측으로 잠을 이루지 못했다. 새벽녘에야 잠을 이루는 날이 몇 날 며칠 지속되었다.

남편은 나에게 친정이나 시댁에 아프다는 말을 하지 말라고 함구령을 내렸다. 그래서 직장동료들이나 가족들에게 남편이 아프다는 말을 하지 못했다. 집에서는 남편일로 걱정하다가 직장에 출근하면 업무일로 고민하는 상황이 반복되었다. 진퇴양난이었다. 집안일도 직장일도 풀리지 않는 난제를 떠안고 있었다. 집에서나 직장에서나 밝게 생활하려고 애썼지만 고민을 이야기할 상대가 없었고, 어떤 말도 하고 싶지 않았다.

밤에 집으로 퇴근할 때면 기분이 착 가라앉았다. 내가 사는 집은 오래된 5층짜리 아파트로 몇 백 세대가 생활하는 아파트였지만 밤이 되면 인적이 드물었다. 사람들은 다니지 않았고 노란 가로등만 아파트단지를 휑하니 비추었다. 아파트는 정적에 싸여 있었다. 인적 없는 아파트에 차를 주차시키고 귀가하려고 집으로 들어가다 보면 사람이 다니지 않는 한적함이 적막함으로 다가왔다. 마음속에 찬 바람이 한 줄기 휘몰아치고 지나갔다.

직장 내 평판관리를 하지 않았다. 같이 근무하는 직원들이 나를 대신해서 오해를 풀어주려고 노력했지만 역부족이었다. 남편의 병이 확인된 지 얼마 되지 않는 시점이라 다른 일들은 이런들 저런들 별로 문제되지 않았다. 어떤 모임에도 참석하지 않았지만 오히려 아는 사람이 없는 상황이 나았다. 아는 사람이 많았다면 오히려 힘들었을지도 모른다. 누구도 위로할 수 없는 상황에서 혼자 있고 싶을 때 혼자만 있을 수 있었으니까. 억지웃음을 짓지 않아도 되었으니까.

결혼 후부터 친인척 대소사에 참석해야 했지만, 그다지 참석하지 못하고 있었다. 그런데 남편이 아프고 나서부터는 아예 참석하지 않게 되었다. 가족들이 반대하는 결혼을 강행했는데, 남편이 덜컥 병이 나서 아프게 되었으니 가족들 볼 면목도 없었고, 가족들에게 남편이 아프다고 말하지도 않았으니 억지로 웃으며 잘 지내는 척 하고 싶지도 않았다.

아버지께서 돌아가시는 바람에 혼자되신 엄마는 가끔 한밤중에 일어나 통곡을 하셨다. 그때 엄마는 오로지 울기만 하셨다. 우는 것 외에 다른 어떤 일도 하지 않았다. 치열하게 울었다. 나는 그 상황이 너무 싫었다. 내가 어떤 일을 해도 소용없다는 허무함과 무력감을 느꼈기 때문이었다. 오밤중의 통곡은 한동안 이어졌다. 물론 시간이 흐르면서 통곡은 하지 않게 되었지만 여전히 자주 울었다. 아버지 제삿날에도 울고 자식들이 말 안 들을 때도 울었다.

엄마가 울고 있을 때면 엄마가 친구라도 좀 사귀면 좋겠다는 생각을 했다. 일이나 주변상황이 뜻대로 되지 않으면 눈물을 보이셨고, 좋은 일이든 안 좋은 일이든 가족들이 모이면 우는 모습을 보이셨기 때문에 늘 마음이 편치 않았다. 엄마는 영 친구를 사귈 생각이 없거나 친구를 사귀는 방법을 모른다고 생각했다. 아버지께서 별세하신 지 10여 년의 세월이 흐른 후 엄마는 친구들을 만나기 시작했다. 친구들과 만나 고스톱도 치고 놀러도 다녔다. 그러면서부터는 울지 않게 되었다.

내가 겪은 일 중 힘들었던 일은 다른 사람에게 행하지 않으려고 애쓰며 살아왔다. 그래서 남편의 병을 확인한 이후 남편이 세상을 떠났을 때나 지금까지 장례식과 제사지낼 때 외에는 아이들 앞에서 운 적이 없다.

고교 동창이고 대학시절 같이 자취를 했던 친구가 있다. 남편에게 병이 발병한 후 꽤 오랜 시간 동안 그 친구에게 연락을 하지 않았다. 친구에게조차 억지웃음이나 억지행동을 하고 싶지 않았다. 친구는 남편이 세상을 떠난 후 도움이 필요했던 순간에 여러 가지 도움을 많이 줬다. 우리 아이들은 가끔 물었다.

"엄마는 친구가 한 명밖에 없어요?"

그때마다 나는 대답할 말을 찾지 못했다.

사람이 혼자일 수 없음을 안다. 그렇지만 살다 보면 혼자일 수밖에 없는 순간이 온다. 혼자일 수밖에 없는 순간이 왔을 때, 당신은 손을 내밀 수 있는 친구가 몇 명이나 되는가?

제2장

나는 심각한
우울증이었다

나는 내가 원하는 삶을 살았다. 첫 번째 꿈이나 소망을 이루지는 못했지만, 두 번째 소망은 이루었다. 원하던 대학교 원하던 학과에 들어갔다. 원하던 직업을 얻었고 가족들 반대에도 불구하고 원하던 남자와 결혼했다. 거기까지였다. 내가 내 의지로 할 수 있는 일은 그 정도에 불과했다.

삶은 건방진 인간을 원하지 않는다. 어느 날 잘 아는 직장 선배께서 나에게 부탁을 했다. 어떤 힘든 분의 부탁을 꼭 들어 주라고 했다. 나는 사연을 들었지만 정해진 기준에 맞지 않아 처리해 주지 못했다. 처리해 주지 못해 너무 가슴이 아팠고, 어쩌면 내가 천벌을 받을지도 모른다는 생각을 했다.

얼마 후 남편이 아프기 시작했다. 남편이 아프기 전에 몇 가지 일들이 있었다. 남편이 아픈 동안에는 그 작은 일들이 모두 남편이 아픈 이유처럼 생각되었지만 세월이 지난 지금 객관적으로 봤을 때 그 일들은 모두 아무런 관련이 없다.

사전에 찾아보면 우울증은 '기분이 언짢아 명랑하지 아니한 심리 상태. 흔히 고민, 무능, 비관, 염세, 허무 관념 따위에 사로잡힌다'라고 정의되어 있다. 남편이 발병한 후, 그리고 남편이 세상을 떠난 후 나는 오랫동안 기분이 언짢았고 명랑할 수 없었다. 계속 고민했고, 어떤 일도 할 수 없는 나 자신에게 화가 났으며, 원하지 않는 상황에 비관했고, 세상 살 재미가 없었고 모든 일이 허무했다.

남편이 세상을 떠난 후에 나 자신조차도 나를 감당하기 어려운 순간에는 정신과 상담이라도 한 번 받아봐야 하나 하고 고민한 적이 있었지만, 정신과에 다닌다는 것이 직장생활에 치명적인 약점이 될 수 있음을 알았기에 선뜻 상담을 받으러 갈 수 없었다. 심리 상담이나 치료를 받을 기회가 있었지만 스스로 심리 상담을 받아야 하는 상태임을 받아들일 수 없었다.

이제 와 돌아보니 내가 심각한 우울증이었다는 생각이 든다. 원했던 남자와 결혼했지만 공존하는 법을 몰랐고, 가정생활이나 직장 생활을 하면서 모든 일을 의지대로 뜻대로 하려고 온 힘을 다해 부딪칠 줄만 알았다. 조금은 힘을 빼고 기대기도 하며 어울려 살았어야 했지만, 대나무처럼 휘지 못하고 곧기만 했기 때문에 삶의 중심이 부러져 버렸다.

결혼사진이
없어졌다

　결혼 후 신혼살림은 시골에 있는 작은 아파트에서 시작했다. 엄마는 아무것도 없는 남편과의 결혼을 반대했다. 남편은 엄마의 반대를 무마하기 위해 시골 아파트를 무리하게 구입했다. 오랫동안 직장생활을 했지만 저축이 없었던 남편은 아파트를 구입하면서 시골 미분양 아파트를 전액 담보대출을 받았다. 결혼하고 나서야 알게 되었다. 나는 결혼 전에 저축한 돈을 가구 구입이나 결혼비용에 다 쓴 후여서 뭐라 할 말이 없었고, 어이가 없었다.

　맞벌이 부부였지만 아파트 담보대출 원리금을 갚으려면 허리가 휘었다. 아이가 태어나자 아이 보는 집에 돈을 주고 나면 항상 쪼들렸다. 남편은 결혼 전 씀씀이가 있어서 아낄 줄 몰랐고, 본인 월급 금액과 상관없이 돈을 썼다. 나는 어려서부터 부유하지 않았지만 궁핍하게는 살지 않아서 경제적으로 힘든 상황을 견딜 수 없었다. 남편과 내가 별도로 월급을 받았기 때문에 재정도 각각 운영해야 했지만 아내가 경제권을 쥐어야 한다는 고정관념에 내가 모두 받아서 운영했다. 그러다 보니 남편의 씀씀이를 통제할 수 없었다. 남편은 선량하고 좋은 사람이었지만, 시골에서 자라서 집안일은 당연히 여자들 일이라고 생각했다. 남편은 집안일을 할 생각을 하지 않았고, 잔소리를 하기가 싫었던 나는 혼자서 감당했다.

큰아이가 18개월쯤 되었을 때, 직장 근무부서가 시내로 옮겨졌다. 엄마는 우리 경제 사정이 좋지 않다는 사실을 알고 우리 가족을 친정집 2층으로 이사시켰다. 나는 한사코 반대했지만 엄마의 특명을 받은 남편은 엄마가 시키는 대로 했다. 친정집 2층으로 이사한 후, 나는 골이 났다. 내 일에 간섭하는 엄마나 동조하는 남편이 짜증스러웠다. 친정집에 살면서 도움을 많이 받았지만, 내내 마음이 편치 않았다.

남편도 엄마의 강권에 못 이겨 이사 오기는 했지만 부담스러웠는지 귀가 시간이 차츰 늦어졌다. 술을 먹거나 '훌라'라는 게임을 하고 늦게 오는 날이 많았다. 나는 아침에는 아이를 데리고 출근했고, 낮에는 갓 옮긴 직장에 적응해야 했으며, 저녁에는 다시 아이를 데리고 퇴근했다. 저녁 퇴근 시간에 아이를 데리고 장까지 봐서 집에 도착하면 녹초가 되었다.

게다가 그 당시 새로 옮긴 부서는 출근 시간은 빨라졌고 퇴근시간은 늦어졌다. 사무실에 아침 8시 전후에 도착해야 했고 저녁 8시까지 종종 남아있었다. 야근하는 날은 남편에게 전화해서 아이를 어린이집에서 데리고 집에 돌아가도록 부탁했다.

남편은 늦게 퇴근하는 내 상황을 이해하지 못했다. 내가 직장에서 일을 하느라 늦는 상황과 본인이 동료들과 술자리가 잡힌 상황에서 본인이 항상 더 중요했다. 가끔 아이를 부탁한다고 전화해도 데려가지 않는 날이 생겼다. 늦게 어린이집에 가면 선생님이 우리

아이만 데리고 나를 기다리고 있었다. 아이를 내버려 두고 혼자 하고 싶은 일을 하러 다니는 남편에게 불같이 화가 났지만 매일 늦게 귀가하는 남편에게 말할 틈이 없었고 다음 날 아침에 몇 마디 말을 해도 남편은 예사로 생각했다.

나는 체력적으로 심리적으로 고갈되어 갔다. 남편도 처가생활이 마냥 편했을 리 없었다. 나는 아이를 제대로 돌보지 못할 만큼 체력이 다운되었지만 남편은 집안일을 돕지 않았으며 내 체력고갈을 아는지 모르는지 술을 마시거나 홀라를 하고 매일 밤늦게 들어와 밤잠을 설치게 했다. 밤 10시 이후에는 전화를 해도 아예 통화가 되지 않았다. 통화가 되지 않으니 편하게 쉴 수도 없었고 남편이 들어올 때까지 잠을 제대로 잘 수 없었다.

더 이상 참을 수 없었다. 부부싸움이 벌어질 수밖에 없었다. 남편과 아내가 싸우면 힘으로는 아내가 이기기 어렵다. 남편은 폭력적인 편이 아니었지만, 부부싸움이 격화되자 폭력을 행사하려 했다. 몇 번이나 거의 맞을 뻔 했다. 그러나 내가 결사적으로 대들자 남편은 어쩌지 못했다. 결국 나를 때리려다가 실수로 무거운 물건으로 자기발등을 찍는 바람에 한동안 고생을 하고는 그다음부터 폭력을 쓸 엄두를 내지 못했다.

어느 날 직장에서 또 야근을 해야 하는 상황이 되었다. 혼자 빠질 수 없었다. 그래서 남편에게 전화를 했다. 남편은 처음에는 조금 머뭇거렸지만 곧 아이를 데리러 가겠다고 했다. 그래서 믿고 야근을 마치고 집으로 돌아왔다. 집에 돌아오니 집은 캄캄했고, 아이가 없었다. 남편에게 전화했지만 통화가 되지 않았다. 다시 어린이집에

가 보았지만 어린이집에도 불이 꺼져 있었다.

'우리 애를 어디 가서 찾나?'

눈앞이 캄캄했다. 겨우 수소문해서 아이를 찾아 집에 돌아왔다. 그날도 남편은 밤 12시가 넘어서 집에 들어왔다. 더 이상 봐 줄 수 없었다. 이런 결혼생활을 계속해야 하는지 회의가 들었다. 내 선택에 대해 재고해 보지 않을 수 없었다.

'이 남자와 계속 살아야 하나?'

나 자신에게 물어봤다. 그는 이미 여러 번 아이를 어린이집에 버려두었고 그 사실에 대해 한 치도 후회를 하거나 마음에 새겨두는 일이 없었다. 내가 선택해서 결혼한 남자였기 때문에 나 자신의 선택을 번복하고 싶지 않았다. 그래서 계속 참았지만 더 이상 용서할 수 없었다. 임계지점에 도달했다.

'이혼해야겠다. 이 남자랑 못 살겠다.'

나는 나의 선택을 후회했다. 내가 잘못했다는 사실을 결단코 인정하고 싶지 않았다. 혼자 계신 엄마의 극심한 반대를 무릅쓰고 결혼했기 때문에 힘이 들어도 내가 선택했으니까 내가 책임져야 한다는 마음으로 묵묵히 참았다. 그동안에도 이혼을 생각해봤지만, '이혼녀' 소리를 듣고 살 용기가 나지 않았다. 이혼 결심을 했지만 이혼을 감당할 자신은 없었다.

남편은 아이를 어린이집에 내버려둔 일에 대해 별로 신경 쓰지 않았다. 피가 거꾸로 섰다. 싸웠다. 더 이상 같이 살겠다는 의사가 없었으니 치열하게 싸웠다. 남편은 내가 대드는 데 격분해서 급기야 결혼사진을 찢기 시작했다. 이혼을 결심했지만 스스로 감당할 자신이 없었는데 남편이 결혼사진까지 찢어대자 더 이상 결심을 뒤로 미룰 이유가 없었다. 남편에게 이혼하자고 말했다. 남편은 바로 이혼할 수 없다고 말했다. 시어머니 때문에 이혼할 수 없다고 했다. 시어머니의 충격을 염려해서 하는 말이었다.

'뭐 이런 인간이 있지?'

용서할 수 없었다. 사람이 이혼하는 건 두 사람의 마음에 관한 문제였다. 그런데, 난데없이 시어머니 때문에 이혼을 할 수 없다고? 이혼할 생각이 없었다면 결혼사진을 찢지 말든지, 그래도 이혼할 생각이 없었다면 잘못했다고 빌든지 그도 아니면 사랑한다고 말하든지. 이해할 수 없었다. 그 순간에 내 사랑은 끝이 났다.

이혼하겠다는 결심이 서자 나는 내 결심을 행동으로 옮겼다. 결혼을 결사반대했던 엄마에게 이혼하겠다고 말하는 일은 내 잘못된 선택을 인정하는 꼴이었지만 더 이상 미룰 수 없었다. 그동안 힘들고 어려워도 절대로 하지 않으려고 결심했던 일이었다. 반대하는 결혼에 이어 이혼까지 해서 상처를 줄 수 없다고 생각했기 때문이다.

엄마에게 먼저 이혼하겠다고 말했다. 엄마와 남동생은 놀라고 걱정했지만 두려워하는 눈치가 역력했다. 두 사람은 내가 이혼하고 말 거라는 걸 알았다. 그동안 나는 어떤 결정을 하기까지 시간이 오래 걸렸지만, 결정을 하고 나면 번복하지 않았기 때문이었다. 나는 꼭 말한 대로 행동했다. 나는 내 입으로 잘못을 인정하고 싶지 않았지만 결국 이혼한다는 말로 내 스스로 잘못된 선택을 했음을 인정할 수밖에 없었다.

그리고 시어머니께도 전화를 드렸다.

"어머니, 죄송합니다. 애 아빠랑 잘 살아보려고 했지만, 도저히 못 살겠으니 이혼해야겠습니다"라고 말했다. 시어머니는 다른 말씀이 없었다.

매일 남편에게 이혼을 요구했다. 나는 더 이상 못 살겠다고 말했다. 남편은 내 끈질긴 요구에도 미동도 하지 않았고 못살겠다고 매달리는 나를 놓아주지 않았다. 이미 20여 년의 세월이 흘렀지만 그때 이혼해 주지 않은 남편을 이해할 수 없다. 그 사람은 스스로 자유롭게 살 수 있는 기회를 포기했다.

결혼은 해도 후회, 하지 않아도 후회라고 한다. 사랑해서 결혼했지만 어느 날 사랑이 끝났다면 이혼하는 편이 좋다. 사랑하지 않으면서 서로를 부둥켜안은 채 결혼을 유지하려고 한다면 서로에게 불행한 일이다. 사랑이 식었다면 이혼하는 게 낫다.

그럼에도 불구하고 사랑의 마음이 조금이라도 남아 있어서 결혼생활을 유지하고 싶다면 결혼사진을 찢지는 말아야 한다. 결혼사진 속에는 결혼서약을 했던 마음이 들어 있으니까. 이혼하고 싶지 않다면 다른 핑계보다 아직도 배우자를 사랑하고 있다는 말이 먼저다.

뜻대로 되지 않은
이혼

이혼하고 싶었다. 이혼신고서를 가지러 시청 민원실에 갔다. 마음이 착잡했다.

'이제 돌아오지 못할 강을 건너게 되는구나.'

'이제 이혼녀가 되는구나.'

무거운 마음으로 이혼신고서를 찾아 들고 나왔다.

나는 떠나고 싶었지만 이미 친정집에 살고 있으니 보따리를 싸서 나갈 곳이 없었다. 이혼 결심을 번복할 마음은 없었다. 결심은 단호했지만, 이혼해 달라고 말할 때마다 남편은 아무런 반응을 보이지 않았다. 남편은 이혼해 줄 생각도, 잘못했다고 빌 마음도 없었다. 자신이 어떤 일을 했는지도 몰랐다.

"시어머니 때문에 이혼할 수 없다는 게 말이 돼?"

따지고 성화를 부리면

"어머니 돌아가시면 이혼해 주겠다."

이렇게 말했다.

시간이 하루하루 흘렀다. 남편은 아무 일도 없었다는 듯이 여느 때처럼 행동했다. 이혼할 가능성이 보이지 않았다. 이혼해 주지 않는 남편과 어쩔 수 없이 같이 살았다. 남편이 이혼해 주지 않자, 나는 다른 방법을 찾지 못했다. 남편은 사과하는 방법을 몰랐고, 사과할 생각도 없었으며, 사과로도 돌이킬 수 없음을 몰랐다.

남편이 이혼해 주지 않는 상황에 나는 지쳐갔다. 인생에 닥친 첫 좌절이었다. 어떤 일이든 하고 싶은 일을 했고, 어려우면 돌아가더라도 하고 싶은 일을 찾아서 했다. 그렇지만 아무리 이혼을 요구해도 남편은 난공불락이었다. 나는 좌절했다. 집안일이나 살림에 대한 의욕도 시든 풀처럼 힘을 잃어갔다.

남편은 결혼사진을 찢어버리고도 아무렇지도 않았다. 내 마음은 결혼사진과 함께 이미 찢어졌고, 남편에게 이혼을 제외한 어떤 요구도 하지 않았으며 특별히 원하는 것도 없었다. 이혼을 결심했지만, 이혼할 수 없었고 한창 자라는 아이를 보면 매일 싸울 수도 없었다. 여전히 집안 살림은 내 몫이었고, 퇴근길에는 아이와 장바구니를 주렁주렁 들고 퇴근했지만, 남편이 늦게 들어오는 빈도는 줄었다.

이혼하기로 결심한 이후 혼자서 아이를 키우며 살아야 한다고 마음먹은 순간부터 아이의 미래에 대해 많이 생각했다.

'아이가 어른이 되었을 때 혼자 장례식장을 지켜야 한다면 어떻게 하나?'

직장에서는 바빠서 생각할 경황이 없었지만, 출퇴근을 하며 장보러 가며 차를 운전하며 아이 걱정을 했다. 아이 혼자 장례식장을 덩그러니 지키고 있을 모습이 머릿속에 선명하게 그려졌고, 그 쓸쓸한 모습을 떨쳐 버리지 못했다.

어느 날 어린이집에 다녀온 아이가 친구들이 어린이집에 동생을 데려왔다고 말했다. 그리고 며칠이 흐르자, 큰아이는 "나도 동생을 만들어 주세요"라고 말했다. 그때부터 아이는 나를 따라 다니며 동생을 낳아 달라고 요구했다. 나에게 아이의 요구는 그 어떤 사람의 요구보다 거절하기 힘든 요청이었다. 급기야 아이는 나에게 공약을 내걸었다. "동생을 낳아주면 내가 기저귀도 갈아 주고 우유도 먹여 주고 다 키울 테니 동생을 낳아 주세요"라고 말했다.

아이의 요구는 계속되었고, 어느 날 남편도 마치 아무 일도 없었던 것처럼 같은 말을 하기 시작했다. 결국 계속되는 가족들의 요구에 굴복해서 둘째 아이를 가졌다. 남편은 약속을 지켰다. 작은아이만큼은 남편이 우유부터 기저귀, 병치레까지 혼자 맡다시피 해서 키웠다. 그렇지만 그뿐이었다.

둘째아이가 선 것을 알게 된 순간 비감했다. 이혼하고자 했던 내 결심을 더 이상 고집할 수 없었다. 아이 둘을 아버지 없는 아이로 만들 수 없었기 때문에 내 스스로 세운 결심을 허물 수밖에 없었다.

남편이 세상을 떠나기 1년 전쯤이었다. 남편은 방에서 무엇을 챙기고 있었다. 투병중인 남편의 뒷모습은 쓸쓸했고 그를 사랑하지 않는 내 마음이 안타까웠다. 그래서 문득 남편에게 결혼사진이 한 장도 없다고 툭 던지듯 말했다. 남편은 결혼사진 필름을 가지고 있다고 했다. 나는 그 말을 듣고 깜짝 놀랐지만, 내색하지 않았다.

필름이 있는 줄 몰랐다며 그러면 결혼사진을 인화해 달라고 말했다. 혹시 식었던 사랑이 살아날까 해서였다. 어느 날 퇴근해보니 남편은 결혼사진 두 종류를 큰 액자로 표구해 두었다. 생각보다 더 크게 표구해 둔 액자를 보면서 남편도 그동안 마음이 편치 않았음을 알았다 그러나, 깨진 마음은 접착제나 테이프로 붙일 수 없었다.

초등학교 저학년이었을 때 선생님께서 8절 스케치북만한 마분지 가방에서 선녀와 나무꾼 이야기 그림을 한 장 한 장 꺼내어 보여 주시며 반 전체 아이들에게 이야기 해 주셨다. 어려서 처음 본 '선녀와 나무꾼' 그림은 선명한 녹색과 아름다운 빛으로 머릿속에 남아 있다.

'선녀와 나무꾼' 이야기에서 선녀는 아이 둘을 안고 하늘로 승천했지만, 나는 아이 둘을 데리고 이혼하지 못했고, 남편은 세상을 떠났다. 나는 지금도 남편이 끝까지 나를 놓아주지 않은 이유를 이해할 수 없다. 그는 자유롭게 살 수 있었고, 어쩌면 나와 이혼했다면 더 오랫동안 건강하게 살았을지도 모른다.

남편은 임종하기 얼마 전에 남편으로서 인간으로서 말고, 남자로서 자신을 사랑하는지 물었다. 나는 사랑한다고 대답해야 했지만, 그러지 못했다. 남편은 나에게 말했다. 이혼해 달라는 말에 자존심이 상했다고. 그리고 자신은 나를 사랑한다고. 남편과 나는 15년간 함께 살았지만, 전반 5년 동안만 결혼의 정의에 맞는 사랑하는 부부로 살았고 나머지 10년은 허송세월이었다.

나는 집 안에서 발생하는 크고 작은 일들에 '이거 해 주세요,' '저거 해 주세요'라고 말해야 했고, 그대로 하지 않으면 끝없는 잔소리와 애교로 작은 싸움들을 했어야 했다. 나는 평소에 집 안 사소한 일로 어떤 작은 요구도 하시 않았고, 남편은 내 마음을 몰랐다. 나는 더 이상 참을 수 없는 지점에서 단 한 번 폭발했고, 남편은 결혼 사진을 찢어 돌이킬 수 없는 상황을 만들었다. 남편은 자존심이 상해 이혼해 주지 않았고, 나는 아이들을 위해 같이 살았다.

우리는 아무렇지도 않은 듯 살았지만, 한 번 찢어진 마음은 아물지 않았다. 나는 남편을 인간으로써 남편으로써 좋아했지만, 사랑하지 않았다. 나는 원했던 이혼이 좌절되자 날개가 꺾인 새처럼 의지가 꺾였고, 남편이 세상을 떠나자 내 뜻대로 되지 않는 삶에 다시한 번 좌절했다. 우리는 서툰 두 사람이 만나서 사랑이라는 나무를 제대로 가꾸지 못했다. 남편은 사과하는 법을 몰랐고, 나는 남자다루는 법을 몰랐다.

큰아이가 어렸을 때 일이다. 어느 날 큰아이는 어린이집에 다녀와서 "엄마, 사랑해요"라고 말하며 품에 안겼다. 평소에 사랑한다는말을 입에 달고 살지 않는 가정환경에서 자란 나는 그 말이 충격이었다. 큰아이는 자라면서 그 순간을 잊고 살았다. 요즘은 나도 아이들도 생각날 때마다 "사랑해요"라고 말한다. 누구에게든 사과할 때가장 좋은 말은 '미안합니다'보다 '사랑합니다'이다.

'사랑합니다'라는 말을 썩히면 거름이 되지 않고 독이 된다. 살아있음을 매일 매 순간 느끼게 해 주는 단어다. 사랑하는 사람이 옆에 있다면 어떤 상황에서든 어떤 장소에서든 망설이지 말고 사랑한다고 말하는 것이 좋다. 너무 늦지 않게….

졸업하지 못하는
학교

졸업하면 취직해야겠다고 생각했지만, 크게 걱정하지 않았다. 졸업 후 2년 만에 제대로 된 직장을 가지게 되었다. 처음 얼마 동안은 일하는 게 너무 좋아서 월급 안 주고 자원봉사로 하라고 해도 일하겠다는 마음이었지만 전공을 실무에 써 볼 기회는 없어서 아쉬움이 남았다.

직장생활을 하면서 늘 그런 미련이 남았다. '전공을 살리지 못한 이유가 영어 공부를 하지 않아서였나?' 하는 의문이 들어 직장생활을 시작한 후 영어 학원에 다녔다. 남편에게나 가족들에게 영어 학원에 다닌다는 말은 한 적이 없다. 엄마는 집에 늦게 들어가면 원래 늦게 마치는가 보다 했고, 남편과 만나면서 영어 학원을 그만뒀기 때문에 말할 필요가 없었다.

대학친구 중에 세상을 긍정적으로 받아들이며 열심히 사는 친구 W가 있었다. 주말에는 교회에서 학생들을 가르쳤고, 바쁜 학기 중에 서예 학원을 다녀 전시회를 하기도 했다. 호가 '혜아(惠児)'였다. 어떤 때는 생각하는 방향이 비슷해서 서로 좋은 영향을 주고받았다.

대학을 졸업한 후 W는 한국방송통신대학교 전자통신학과에 진학했다. 한동안 친구가 왜 한국방송통신대학교에 진학했을까 생각하다가 졸업 후 집에서 쉬고 있을 때 한국방송통신대학교 경영학과 3학년에 편입했다. 어느 날 학과에서 진행하는 회계학 수업을 들으러 갔다. 강의를 듣고 회계기초를 알아야 강의를 들을 수 있다는 사실만 확인하고 공부를 바로 그만두었다.

한국방송통신대학교에 편입했던 일을 잊고 지내다가 남편과 불화로 마음 붙일 데가 없어지자 공부나 해 볼까 하는 생각에서 한국방송통신대학교 영어영문학과 2학년에 편입했다. '영어 학원 다니는 것 보다 방통대 영문과에 진학해서 공부하면 안 하는 것보다 낫겠지' 하고 편한 마음으로 시작했기 때문에 결국 학점을 제대로 취득하지 못해서 유급되었지만 영어영문학과 3학년으로 다시 편입했다. 영어영문학과 3학년에 편입해서도 '되는 대로 하리라' 하는 편안한 마음이었기 때문에 공부를 제대로 하지 않았다.

친정엄마는 우리 결혼을 결사적으로 반대했지만, 막상 결혼하고 나자 남편에게 한없이 너그러웠고, 남편은 친정엄마가 하는 말은 무조건 받아들였다. 남편과 불화에도 불구하고 친정엄마는 남편을 탓하기에 앞서 항상 딸을 나무랐다.

어쩌면 엄마가 반대했기 때문에 공부를 열심히 했는지 모른다. 가끔 엄마는 화가 나서 책을 내팽개쳐버렸다. 그런 날이면 질질 울면서 찢어진 책을 투명테이프로 붙였다. 찢어진 책장을 붙이다가 화가 나면 참지 못하고 "왜 책을 내던져?"라고 악을 쓰며 대들다가 매를 벌곤 했다.

친정엄마는 내가 사범대학이나 교대에 진학하기를 바랐지만 나는 간호사관학교에 입학하고 싶었다. 불행히도 적록색약이어서 사범대학이나 교대에 지원조건이 되지 않아 입학원서도 내보지 못했다. 덕분에 내가 원하는 학과에 입학할 수 있었다.

대학 졸업 후에는 작은 회사에 취직해서 얼마 동안 다니다가 퇴사했다. 한동안 실의에 빠져 있다가 과외를 하며 도서관에 공부하러 다녔다. 그때도 집에서 공부하고 있으면 책이 허공으로 날아다니기 일쑤였다. 엄마는 여자는 공부는 조금만 하고, 집안일을 많이 해야 한다고 생각했다. 그래서 어떤 경우에도 딸을 먼저 나무라셨다.

남편과 계속 다투는 동안이나 남편이 아팠을 때에도 친정엄마는 내 편에 서 주지 않았다. 그러니 친정엄마에게 무슨 일을 상의하거나 마음을 터놓고 이야기하지 못했다. 힘이 들어도 힘든다고 말하지 못했다. 그래서 한국방송통신대학교에 진학해서 공부나 하려고 했지만 엄마는 반대했고 남편은 도울 의사가 별로 없었다. 결국 작은아이가 태어나기 전까지 공부하다 휴학하다 하기를 반복했고 결과적으로 미등록학기가 4학기 이상 되는 바람에 퇴학되고 말았다.

그때 한국방송통신대학교를 그만두었다가 아이들이 많이 자라고 직장에서 조금 안정을 찾아 시간적인 여유가 생긴 후에 영어영문학과 3학년으로 재입학했다. 직장생활을 하는 동안 바쁜 부서와 조금 여유가 있는 부서를 번갈아 오갔다. 그래서 조금 여유 있는 부서에 있을 때는 끝마치지 못했던 공부를 하려고 책을 손에 잡았다가 바쁜 부서로 옮기면 다시 그만두었다. 남편이 세상을 떠난 후에도 한동안 충격으로 방송통신대학교 책을 손에 잡을 수 없었다. 남편이 세상을 떠나고 몇 년이 지나 충격이 가신 후에 다시 공부를 시작했지만, 아직까지 졸업하지 못하고 있다.

요즘 어떤 자기계발서를 읽었다. 『나는 자기계발서를 읽고 벤츠를 샀다』는 책이다. 저자 최승탁은 서울대학교에서 학사, 석사, 박사를 마친 이로, 경영학과 대학교수로 재직하고 있으며 자기계발서 예찬론자다. 그는 책에서 자기 목표를 이룬 성공 경험을 소개하면서 자기계발서는 행동을 변화시키는 실질적인 책이라고 소개했다. 거의 모든 자기계발서에는 '목표를 적으라'는 말이 나온다고 하면서 자신은 자기계발서를 읽고 생각이 변하는 데 2년, 행동이 변하는 데 2년이 걸렸다고 했다.

한국방송통신대학교에 입학해서 지금까지 공부하면서 닥치는 대로 생활했다. 시간 여유가 있으면 공부했고, 시간 여유가 없으면 공부하지 못했다. 처음부터 영어 공부를 안 하는 것보다 낫다는 마음으로 공부를 시작했기 때문에 절실함이 없었고, 이미 대학 학위가 있으니 해도 되고 안 해도 되는 상황이어서 지금까지도 졸업을 하지 못하고 있다.

어떤 일을 시작할 때 '안 하는 것보다 낫다'는 말은 핑계다. 단지 우울한 마음이 그곳에 있었을 뿐이었다. 한국방송통신대학교에서 공부를 하기로 한 선택은 단지 회피일 뿐이었다. 처음부터 어떤 일을 언제까지 하겠다는 구체적인 목표를 적고 시작했거나 마음이 우울하지 않았다면 벌써 졸업했을지도 모른다. 어떤 일을 할 때 혼자 고독하게 회피하기보다 주위사람에게 상황을 말하고 도움을 청하는 편이 좋다. 누가 들어주지 않아도 슬퍼하지 말고 들어줄 때까지 포기하지 말아야 한다.

엉망진창
살림살이

대학생이 되었을 때 내가 자랐던 시골에 간 적이 있다. 어렸을 때 지낸 집을 보며 그때는 세상 전부였던 큰 세계가 작은 집이었다는 사실에 깜짝 놀랐다. 내가 자란 집은 둑방길이 보이는 한적한 시골 면 소재지 신작로 옆 가게와 가정집이 갖추어진 마당이 넓은집이었다.

부모님께서는 어려서부터 아껴야 잘 산다는 모범을 철두철미하게 보여 주셨다. 아버지께서는 결혼 초기에 늑막염에 걸리셨는데 엄마는 아버지가 탄 자전거를 끌고 보건지소 공중보건의에게 진료를 받으러 다니셨다. 계란이라도 한 알 가지고 가는 날이면 잘 살펴 줬고 아무것도 가져가지 못한 날은 진료내용이 달랐다고 한다.

부모님은 시골 면 소재지에 집 한 칸을 얻어 분가하신 이후 할아버지 할머니로부터 경제적 도움을 받지 못했다. 시골에서 논밭이라도 지니고 사셨던 할아버지 할머니께서는 아들 딸 6남매를 키웠기 때문에 형편이 여의치 않아 아들의 병세에도 불구하고 경제적 도움을 주지 못하셨다. 엄마는 그 점을 늘 아쉬워하셨다. 할아버지 할머니께서 여윳돈으로 이자를 받으셨지만 도움을 주지 않으셨다고 말하곤 했다. 할아버지 할머니로부터 경제적 지원을 기대할 수 없었던 부모님은 악착같이 일해서 돈을 모으셨다.

우리 집은 면 소재지의 시골 장터로 가는 중간쯤에 있었다. 근처에는 가게들이 없었지만 신작로와 집 사이 제법 넓은 공간이 있었다. 집은 슬레이트 지붕을 얹은 시멘트 집으로 신작로에서 봤을 때 흰색 바탕에 빨강색과 검정색 글씨로 '홍농종묘사'라고 적힌 큼지막한 간판이 달려있었다. 가게 옆으로 초록색 양철대문, 긴 벽, 쇠망 철제 대문이 나란히 이어져 있었다. 집의 4~5배 이상 되는 넓은 마당은 긴 벽과 쇠망 철제 대문으로 둘러싸여 있었다. 초록색 양철대문으로는 사람들이 출입했고, 마당에 있는 큰 철재 대문으로는 트럭들이 출입했다.

둑방길에 접한 집 안쪽 경계에는 키 큰 밤나무 한 그루가 여름이면 시원한 그늘을 드리웠고 밤나무 아래 반투명 슬레이트로 달아낸 작은 마당에 펌프가 있었다. 원래는 자고 일어나면 모래가 한 줌씩 떨어지는 흙집이었지만 부모님께서는 부지런히 노력하셔서 시멘트로 고쳐 살았다. 아버지는 곳곳을 손 봐서 잘 쓸 수 있도록 수선하고 가꾸셨다.

장날이면 집 안팎으로 손님들이 붐볐다. 신작로와 접한 집 앞 넓은 공간에는 시골 어르신들이 농산물을 들고 와서 거래했다. 각종 종자와 조명기구를 같이 팔던 가게에는 사람들이 앉아서 흰색 광목 자루에 담긴 무씨와 배추씨를 한 홉씩 두 홉씩 사 가거나 종묘사에서 나온 각종 씨앗들을 언제 어떻게 파종해야 하는지 상담했다.

아버지는 술을 전혀 안 하셨지만 장날에는 술상이 차려졌다. 고추 도매를 하셨던 부모님은 장날이면 시골 어르신들에게 고추를 사서 종류별로 분류 작업을 한 뒤 큰 고추 포대에 포장해서 트럭에 실어 납품하거나 창고에 보관했다.

내가 아주 어렸을 때 부모님은 평일에는 연탄 장사도 같이 하셨다. 엄마 말에 따르면 아이들을 짐승처럼 방에 가둬 놓고 두 분이서 연탄 배달을 하셨다고 한다. 내가 조금 자랐을 때는 집 안 넓은 마당에 온돌을 놓을 수 있는 넓고 평평한 돌인 구들이 가득 차 있었다. 그때는 부모님께서 구들 장사를 하셨다. 또 얼마 동안은 마당 가득히 굵고 두꺼운 대나무들이 채워져 있었다. 그때는 부모님께서 시골 비닐하우스 농사에 필요한 비닐과 대나무를 팔았다. 요즘은 공장에서 비닐하우스 골조를 만들어 팔기 때문에 쉽게 구입할 수 있지만 그때는 비닐하우스 골조를 팔지 않는 시기여서 농민들이 대나무로 비닐하우스 골조를 만들었다.

부모님께서는 고생하면서 사셨기 때문에 더 검소하셨다. 나는 평소 돈을 물 쓰듯 하는 남편의 생활태도에 스트레스를 심하게 받았고, 화도 났다. 밤늦게까지 술을 마시거나 게임을 하며 돈을 낭비하는 습관도 견디기 힘든데 귀가시간이 늦었기 때문에 고통스러웠다.

큰아이가 어렸을 때 집 안에 온갖 물건들이 굴러 다녔고 치워도 잡동사니들이 엉망진창으로 쌓였다. 아이를 돌봐 주거나 집안일을 도와주는 사람도 없이 직장생활을 했다. 아이를 데리고 출퇴근했고 혼자 집안일과 육아, 장보기를 감당했다. 남편이 다니는 직장은 출퇴근 시간이 일정했고 퇴근 후 잔무가 없었지만 육아나 집안일을 돕지 않았다. 내 직장은 남편 직장만큼 출퇴근 시간이 자유롭지 못했고 야근을 해야 하는 상황이 종종 발생했다.

남편은 아내가 직장생활을 하면서 정시에 출퇴근하지 못하는 상황을 이해하지 못했다. 그러나 결코 아내가 직장을 그만두거나 휴직하기를 바라지도 않았다. 아내가 직장에 다녔기 때문에 생기는 경제적 프리미엄을 혼자 누렸기 때문이었다.

아내가 직장생활을 하기 때문에 자신은 좀 더 여유있게 돈을 써도 된다고 생각했다. 명목상으로는 돈 관리를 내가 하고 있었지만 매달 어떤 이유를 대서라도 본인의 월급 상당액이나 그 이상을 나에게서 받아갔다.

나는 내 수입으로만 가정경제를 운영하고 있었지만 그 상황을 전혀 깨닫지 못했다. 매달 대출 원리금을 갚느라 모든 생활비를 아끼며 경제적으로 항상 쪼들렸기 때문에 당연히 남편도 같이 경제적으로 쪼들린다고 생각했다. 남편은 혼자 경제적으로 여유를 누리고 있었다. 남편은 마이너스 통장을 내서 쓰고 당연한 듯이 나에게 변제를 요구했고 IMF 당시에 유행하던 퇴직금 중간 정산을 받아서 주식 투자로 모두 날렸으며, 남은 돈을 어디에 썼는지도 알려주지 않았다.

어쩌면 경제적으로 정신적으로 쪼들리는 상황에서 내가 조금만 더 넓게 세상과 남편을 바라볼 수 있었다면 또는 남편이 조금만 아내의 상황을 이해해 주었다면 우리는 좀 더 행복했을지 모른다. 극한상황일 때 한 인간의 진정한 면모가 드러난다. 남편과 나는 정신적으로 어렸고 미성숙했다. 나는 남편과의 이혼이 뜻대로 되지 않자 화가 났고 주부로서 살림에 대한 열의도 식었다.

부부는 독립된 인격체로 만났을 때 서로 믿고 존중할 수 있다. 나는 남편과 이혼을 포기하는 대신 두 사람의 재정을 분리시켰고 그 후 비로소 서로 독립할 수 있었다. 그러나 부부로서 신뢰가 깨어진 후 얻은 독립은 평행선을 의미했고 쓸쓸함만 남았다.

오늘은
기분이 좋아

남편이 임종하기 전날 병원에 갔을 때 남편이 나에게 심하게 화를 냈다. 예전에 본 적 없는 모습이라 깜짝 놀라기도 했고 시댁 식구들과 간병인 앞이기도 해서 당황했다. 남편은 너는 모르는데, 간병인은 안다는 이해하지 못할 말을 했다.

살아있는 동안 본 마지막 모습이었다. 나는 충격을 받았지만 어쩌지 못했다. 간병인에게 물었지만 특별한 말이 없었다. 환자 침대 옆에 놓인 간병인의 물품을 보니 불경과 조그만 묵주가 놓여 있었다. 환자 옆에서 불경을 외우셨구나 하는 생각과 감사한 마음이 들었다.

지금 생각해 보니 남편은 죽음의 그림자가 다가옴을 느끼고 있었던 것 같다. 가족들은 느끼지 못하는데 간병사가 불경을 외워 줘서 고마웠겠다는 생각이 든다. 남편은 투병 기간 중에 한 번도 아프다고 말한 적이 없었고 살아있는 동안 좋은 사람이었다. 나에게도 잘했고 아이들에게도 잘했다. 아이들에게 가끔 화를 냈지만 나에게 화를 낸 적은 없었다. 그래서 그때 더 충격을 받았다.

후에 큰형님은 나에게 말했다.

"살아있는 동안 정을 뗀다고 그런 거다, 동서야."

남편이 아팠지만 주위에 도와줄 만한 사람이 없었다. 남편을 병원에 혼자 두고 오고 싶지 않았지만, 아이들이 어려서 병원에 있을 수 없었다. 이미 한 차례 병원에 입원을 했다가 퇴원했고 호스피스병동에 입원했지만 기적이라도 일어나서 회복되기를 바랐다.

다음 날 아침에 이유 없이 마음이 안정되지 않았고 온몸이 후들거렸다. 손이 후들거려서 밥공기를 세 개나 깼다. 살면서 손이 후들거려서 밥공기를 깬 적이 없는데. 깨진 그릇을 치우며 불길한 예감이 들었지만, 애써 불안한 마음을 누르며 출근을 서둘렀다.

남편이 아침 8시경에 전화를 했다. 집을 떠나 있는 날이면 언제어디서든 전화를 했다. 금요일부터 사흘 간 아이들을 친정에 맡겨 놓고 남편을 보살피기로 되어 있어서 서둘러 옷을 챙겨 입고 아이들을 데리고 나가려는 찰나였다. 남편의 전화를 받는 순간, 어제 화를 냈던 일이 떠올랐지만 그 일 때문에 아침 일찍 전화했나 보다 짐작하며 남편의 말에 귀를 기울였다. 남편은 말했다.

"오늘은 기분이 너무 좋아. 몸이 날아갈 것 같다."

남편은 흉선암이 전이되어 폐에 물이 차고 있어서 제대로 앉아 있기도 힘들었는데 몸이 가벼워 날아갈 것 같다니 다행이었다. 나는 그 말을 듣는 순간, 작은 희망을 품었다.

"다행이다. 이제 몸이 회복되려나 보다. 기적이 일어날지도 몰라."

그러나 내 희망은 한낱 백일몽이었다. 남편은 그날 마지막 전화를 하고 세상을 떠났다. 나는 남편이 떠난 후에도 남편의 전화를 기다렸지만, 남편은 다시 전화를 하는 일이 없었다.

남편이 아픈 동안 마음 편한 날이 없었다. 매년 겨울은 특히 길었다. 시댁과 친정에서 남편이 아프다고 여러 가지 편의를 봐 주었지만 남편의 병세는 나아지지 않았다. 마음 밑바닥이 말라버린 우물 바닥처럼 쩍쩍 갈라져 있는 느낌이 들었다. 사방을 둘러보며 희망을 품어보려고 해도 어떤 희망의 씨앗도 보이지 않고 삭막했다.

밤에 꿈을 꾸면 눈이 예쁜 소가 나타나 나를 쳐다보았다. 소는 조상이라고 했다. 사람들에게 물어보지 않아도 알고 있었다. 좋은 징조로 해석하려고 애를 썼지만 불길한 꿈이었다. 남편이 세상을 떠나기 얼마 전에 큰형님께서 말씀하셨다.

"동서야, 이상한 꿈을 꿨다. 시골집에 있는데, 누가 제일 예쁘고 반들반들한 나무를 빼 가지고 가더라."

큰형님도 흉몽을 꾸셨다. 시집갔을 때 7살인 시동생을 키우다시피 하셨던 큰형님은 꿈을 꾸신 후에 시동생이 저 세상으로 갈지 모른다고 예감하셨다. 그래서 동서인 나에게 마음의 준비를 시키셨다. 시댁 가족들과 나는 계속 악화되는 남편의 병세로 불안에 떨고 있었다.

남편이 집에서 투병생활을 하던 어느 날 시댁 식구들을 모두 소집했다. 본인이 그날 죽는다고 생각했기 때문이었다. 남편은 큰 시숙과 큰형님, 조카들에게 유언을 했다. 내가 가더라도 아이들을 부탁한다는 내용이었다. 다행히 그날은 별일 없이 지나갔다.

그리고, 어느 날 병원에 입원했다. 응급처치를 마치고 며칠간 입원했다가 퇴원했다. 병원에서도 어떻게 손쓸 방법이 없었다. 시아버지께서 암으로 돌아가셨기 때문에 남편과 시댁 가족들은 암을 잘 알았다. 큰 병원으로 옮겨야 할지 시숙께 상의를 했지만 그럴 필요 없다고 하셨다.

남편은 경기도 고양에 있는 초진의사인 Y과장께 진료받기를 원했다. 남편과 내가 둘이서 한 번 찾아갔지만 그곳에 오래 머물 수 없었고 별다른 처치를 할 수 없는 상황이어서 돌아온 적이 있다. 의사 선생님은 남편의 병세가 좋지 않으며 폐에 물이 차고 있다고 했지만, 물을 함부로 빼기 어렵다는 말씀을 하셨다. 의사 선생님은 환자의 병세도 안 좋은데 멀리서 찾아와서 마음이 안 좋으셨던지 우리를 강남고속버스터미널까지 차로 태워다 주셨다. 남편은 초진 의사 선생님을 신뢰했다. 천주교를 믿는 인간적인 분이셨다. 그래서 오랫동안 Y과장님께 진료를 받았고 끝까지 그분께 진료받기를 원했지만 너무 멀어서 갈 수 없었다.

남편은 마약 성분이 들어있는 진통제를 처방받아 퇴원했다. 마지막 얼마 동안은 고통이 컸을 텐데 한 번도 내색하지 않았다. 큰아이가 백일이 되었을 때 남편은 '우종격동종양'이라는 양성종양으로 수술을 받은 적이 있다. 그때 뼈를 잘라내는 수술을 받았으면서도 남편은 중환자실에서조차 아프다고 "아야" 소리 한 번 낸 적이 없었다. 그래서 왜 아프다고 내색하지 않느냐고 물었을 때 내가 아프다고 말하면 주위 사람만 불편할 뿐이라고 했다.

어느 날 퇴근해서 집에 오니, 큰아이가 말했다.

"아빠가 회를 시켜 먹었어요."

큰아이 생각에도 그렇게 하면 안 될 것 같다고 생각해서 걱정이 되었던 모양이다. 나는 그 말을 듣고 겁이 더럭 났다. 남편이 어쩌면 투병을 포기했는지도 모른다는 생각이 들어서였다. 남편에게 왜 그렇게 했느냐고 물어보고 싶었지만 묻지 못했다. 대답이 두려웠다.

남편은 선량한 사람이었다. 아프다는 표현도 제대로 못한 채 암이라는 병과 싸워 이기려고 했지만 암을 이기지 못했다. 부친이 투병하는 모습을 옆에서 봤기 때문인지도 모른다. 투병 생활을 하는 동안, 남편은 갈수록 살이 빠지고 수척해 갔지만, 시종 온화한 모습을 유지했다. 집에서 아이들을 챙기고 나를 많이 챙겨줬다. 어쩌면 조금 더 좋은 여자를 만났더라면 더 오래 행복하게 살았을지도 모른다.

얼마 전 남편 기일에 합천 해인사 고불암 무량수전에 다녀왔다. 큰 시숙 부부와 함께 기제사를 지내러 갔다. 법당에 도착하니 스님께서 염불을 외우고 계셨다. 금빛 법당에 부처님이 모셔져 있었고 양쪽에 초를 닮은 등이 켜져 있었다. 밝은 전등이 법당을 환하게 밝히고 있었다. 법당 안은 다른 세상처럼 느껴졌다. 스님은 여러 좋은 경전을 읊어 주셨고, 반야바라밀다심경으로 부처님에 대한 예불을 마쳤다.

바로 기제사가 이어졌다. 절에서 지내는 기제사는 고기반찬이 없다는 점 외에는 일반 기제사와 다르지 않다. 아이들이 참석할 수 없는 상황이어서 내가 기제사 상주를 맡아 지냈다. 매년 기제사를 지내며 스님의 독경을 듣고 앉아 있노라면 머릿속에 살아있는 듯한 남편의 영상이 떠오른다. 어떤 해에는 밝고 환하게 웃고 있다. 어떤 해에는 시무룩하다. 올해는 남편이 살아 있었던 마지막 모습이 떠올랐다. 웃지도 울지도 않는 모습이었다.

이제 만 8년이 지났다. 그동안 남편에게 용서를 빈 적이 없다. 이제 남편에게 용서를 구하는 마음이 생겼다. 종지 그릇만 한 나를 만나 고생 많이 했다고 미안하다고 용서를 빈다고 마음속으로 말하며 울었다. 스님은 제사 때 우는 내 모습을 보며 첫 제사냐고 물었다. 그래서 첫 제사가 아니라고 대답했다.

오래 전에 최진실이 나와서 히트를 친 광고가 있었다. 가전제품 광고였는데, 집안일을 하지 않는 남편에게 아내가 어떻게 해서 일을 하도록 만든 후에 "남자는 여자 하기 나름이에요"라는 말로 끝을 맺는 삼성전자 가전 광고였다. 그 광고는 한동안 굉장한 인기를 누렸다. 최진실은 이 광고로 광고 모델에서 탤런트로 거듭났다.

인정하고 싶지 않지만 '남자는 여자하기 나름'이다. 물론 '여자도 남자하기 나름'이다. 스스로 원해서 한 결혼이라 하더라도 만나고 헤어지는 것은 마음대로 되지 않고, 삶과 죽음도 마음대로 되지 않는다. 결혼이라는 목표를 이룬 순간, 마음을 놓고 손을 놓아 버릴 것이 아니라 작고 사소한 일도 서로 내일 죽을 것처럼 최선을 다해서 다투고, 화해하고, 다시 다투기를 반복해야 한다. 목표도 중요하지만, 과정도 목표만큼 중요하다.

남편은 살아있는 동안 나를 곰이라고 불렀다. 내 외모는 여성적이지만, 성격은 이성적인 일에 빠르고 감정 변화에 무뎠다. 남자 성격에 가깝다. 계속 참다가 어느 날 하루 폭발해 버렸다. 여우가 되고 싶었지만 여우가 되지 못했다. 남녀 사이에는 밀당이 필요하다. 밀당을 위해서는 사소한 일과 작은 감정 변화에도 민감해져야 하고, 서로에 대한 끊임 없는 관심이 필요하다. 서로 작은 일들을 추억으로 차곡차곡 쌓아갈 때 평범한 일상이 하루하루 쌓여 행복한 가족의 역사가 된다.

평범한 일상은 큰 축복이다. 아무런 일도 일어나지 않는 일상의 하루가 우리 생애 최고의 날이다. 아무런 일도 일어나지 않는 날은 신이, 이 우주가, 조상님이, 가족이, 보이지 않는 수많은 이가 우리를 보살펴 주는 증거다.

벚꽃을
피해

4월 1일은 만우절이고, 우리 작은아이 생일이며, 진해 군항제가 시작되는 날이다. 매년 4월 초에 10일가량 '진해군항제'가 개최된다. 군항제의 하이라이트는 로망스 다리, 육군사관학교, 경화역이다. 벚꽃이 절정인 군항제 기간 진해에 가면 어떤 사람들은 '별볼 것 없다'고 하기도 한다. 그렇지만, 전국 각지에서 사람들이 벚꽃 구경을 하기 위해 진해로 몰려든다.

2017년 4월 1일 작은아이와 진해에 갔다. 작은아이는 유독 벚꽃을 보고 싶어 했다. 친구가 진해에 사는데 벚꽃이 피었다고 말했다고 한다. 창원에서 진해로 가는 가장 빠른 길은 안민터널을 통과하는 길이고, 가장 아름다운 길은 안민고개를 넘어가는 길이다. 안민고개 길로 가려고 안민고개 입구에 도착하니 군항제 첫날이라 진입을 통제하고 있었다. 그래서 어쩔 수 없이 안민터널 쪽으로 차를 운전했다. 안민터널에 거의 도착했다고 생각될 스음 터널 옆쪽을 보니 '불모산 터널'이라는 커다란 간판이 세워져 있었다. 순간적으로 '잘못 왔구나' 하고 깜짝 놀라 핸들을 오른쪽으로 돌려 산등성이로 올라가는 우회전 차선으로 진입했다. 그런데 웬걸, 한참 올라가다

보니 금방 지나친 터널 위쪽 명패에 적힌 '안민터널'이라는 네 글자가 선명하게 눈에 들어왔다.

'아! 아는 길인데 왜 실수를 했을까?'

한탄을 했지만, 이미 부산으로 가는 유료도로에 들어선 후여서 돌이킬 수 없었다. 어쩔 수 없이 계속 차를 달려 톨 게이트에서 요금을 내고 다시 돌아왔다. 나는 안민터널을 통해 다시 진해로 가면서 생각했다.

'돈을 내고 돌아갈 수 있는 길은 얼마나 싼 길인가?'

작은아이가 군항제 시작 2주 전에도 벚꽃이 보고 싶다고 해서 창원과 진해를 잇는 안민고개에 다녀왔다. 안민고개에 가서 길 옆에 차를 세워두고 토스트와 음료를 사서 전망대에 올라갔다. 나는 책을 읽고 아이는 전망대에 설치된 망원경을 통해서 진해 시가*를 내려다봤다. 안민고개에서 진해를 바라보면 가운데에 누런 운동장 같은 넓은 구역이 보였다. 아이는 망원경을 통해서 시가지를 내려다보다가 나를 부르며 말했다.

"엄마, 시내 가운데에 골프장이 있어요."

나는 처음 듣는 말이라 무슨 말인가 하고 아이 옆으로 다가갔다. 정말 그랬다. 이전에도 안민고개에 여러 번 왔지만 망원경으로 시내에 있는 골프장을 확인한 적이 없었다. 막연히 해군부대가 있으니 연병장이 있나 보다 하고 생각했다. 나는 골프장이 있는지 눈으로 확인하기 위해 망원경 속을 들여다 보았다. 과연 자세히 보니 골프

---

* 2010년 7월 1일 마산, 창원, 진해시는 창원시로 통합되었다.

장이 보였다. 그리고 옆에서 사진을 찍고 계신 아저씨에게 물었다.

"저기, 노란 곳에 골프장이 있는데, 골프장이 저렇게 큰 거예요?"

그분은 바로 대답했다.

"바로 옆에 육군사관학교도 있지요."

그 말을 듣고 보니 육군사관학교도 볼 수 있었다.

남편이 세상을 떠난 후 장례식을 치르던 날, 날씨가 더할 수 없이 맑고 화창했다. 그렇지만 장지를 향해 떠나는 길은 너무 길고 너무 멀었다. 신경을 망치로 두들기는 것 같은 날이었다. 남편이 생전에 머물렀던 우리 집을 찾아가 집 구석 구석을 한 바퀴 돌았고 다시 화장장에 가서 화장을 마칠 때까지 머물렀다. 며칠 전까지 살아 숨 쉬던 사람을 수의로 꽁꽁 묶어 관에 누이고 그 관을 화장장 불길 속으로 밀어 넣었다. 해야 할 일이었지만 차마 할 수 없는 일이었다. 남편은 불길 속에서 하얀 뼈가 되어 돌아왔다. 그 뼈를 빻아야 한다고 했다. 사흘 전까지 말을 하던 사람이 하얀 뼈가 되어 돌아온 것만 해도 숨을 쉴 수 없는 지경이었는데 그 뼈를 다시 빻는다니 '사람이 사람이 아니다'라는 생각이 들었다.

'어떻게 이렇게까지 해야 하나?'

화장장에서 장지를 향해 떠나는 길에는 벚나무마다 벚꽃들이 만개했다. 벚꽃들이 한 점 빈틈없이 하얗고 환하게 피어 차 안까지 밝게 비추었다. 환한 벚꽃 빛이 장례식 행렬을 끝없이 따라왔다. 그이전에도 그 이후에도 그날만큼 환하게 핀 벚꽃을 보지 못했다. 환하게 핀 벚꽃을 보며 사람의 삶이 얼마나 부질없고 허무한 꿈같은 것인지 알았다.

5층짜리 아파트 2층 오른쪽 끝에 있던 우리 집 앞뒤에는 아름드리 벚나무가 심어져 있었다. 이전에는 벚나무가 있는지도 몰랐는데, 장례식을 마치고 집에 있는 며칠 동안, 그 나무들이 벚나무인 줄 처음 알았다. 답답한 마음에 창문을 열어 놓고 창밖을 내다보니 집 앞뒤로 심어져 있던 벚나무의 벚꽃들이 하얗게 만개했다. 며칠 동안 그렇게 환하게 필 줄은 몰랐다. 앞뒤로 창문을 열어 놓고 서늘한 공기 속에 벚꽃을 바라보고 앉아 있으니 다만 기가 막힐 뿐이었다.

'장례식 날 벚꽃들이 그렇게 피었더니 우리 집에도 벚꽃이 피었구나.'

집 안이 너무 넓었다. 눈물도 나지 않았고, 뭘 해야 할지 앞으로 어떻게 해야 할지 알 수 없었다. 허무하고 허무하고 허무했다.

나는 스스로 의지가 강한 사람이라고 생각했지만, 그날부터 내 의지는 서서히 무너져 내리고 있었다.

인간의 생이 너무 허무했다. 사는 게 사는 게 아니었다. 어떤 심각한 일을 봐도 감정의 미동을 느낄 수 없었다. 벚꽃 속에 앉아 무엇을 어떻게 해야 할지 알지 못했다. 집주인에게서 전화가 왔을 때 쉽게 이사하기로 결정한 것도 다음 해 봄에 다시 그 벚꽃을 볼 자신이 없었기 때문이었다.

27평이었던 집에서 17평으로 이사를 하고 나니 집안 구석구석에 수많은 짐들이 쌓였다. 이사하기 전에 안 쓰는 물건 중 재활용 가능한 물건은 '아름다운 가게'나 고물상으로 보냈고 쓸 수 없는 물건들은 버렸다. 어떤 물건도 아깝지 않았지만 사람과 관련된 물건들은 미련이 남아서 버리지 못하고 정리해서 곳곳에 쌓아 두었다.

이사한 집에서 4년 넘게 살았다. 그 집에 사는 초반 3년 동안 직장에서는 일만 하며 지냈고, 집에서는 마음을 잡지 못했다. 직장에 출근하는 시간 외에는 두문불출했고, 가까운 친구에게도 제대로 연락하지 않고 지냈다.

어느 날 출근길에 교통사고가 나는 바람에 차를 폐차했다. 비보호 좌회전을 하다가 위쪽에서 아래쪽으로 급하게 달려 내려오는 차에 부딪혔다. 상대방 차가 내 차에 충돌하는 순간 깜짝 놀랐다.

'이렇게 끝이 나나?'

온갖 생각이 순간적으로 들었지만 다행히 크게 다치지 않았다. 단지 목이 아파서 몇 달 동안 병원 치료를 받았다. 큰 후유증은 없었다.

교통사고 후에는 차를 구입하지 않았다. 사람이 있다가 없어도 사는데, 차쯤이야 있든 없든 상관이 없었다. 처음에는 버스를 어디서 어떻게 타는지 몰라 택시를 타거나 걸어 다녔다. 나중에는 버스를 많이 탔다.

차를 타지 않고 걸어 다니기 시작하면서 조금씩 마음의 안정을 찾았다. 걸어 다니면서 길가의 꽃을 보게 되었고, 연둣빛을 띠며 돋아나는 메타세쿼이아 나무 빛을 새로 알게 되었으며, 비 내리는 벚꽃 길을 우산을 쓰고 걸을 수 있게 되었다.

어떤 터널이라도 끝은 있다. 끝이 저 멀리 보일 때 터널 속은 더욱 깜깜하지만 터널 끝에 보이는 작은 빛을 보며 일직선으로 달려가다 보면 환한 큰 길을 다시 만나게 된다. 아무리 힘든 일을 겪더라도 끝은 있다. 힘든 일 끝에는 사람의 정신을 갉아 먹는 우울증이 기다리고 있지만, 그 고비를 힘들게 넘기면 겨울이 가면 봄이 오듯 새로운 희망도 살아난다.

'버스커 버스커'라는 가수가 부른 벚꽃에 관한 노래 두 곡이 몇 년 전에 유행했다. '벚꽃엔딩'과 '꽃송이가'이다. 이제는 봄이 오면 버스커 버스커의 노래를 아이들과 함께 들을 수 있다. 아이들과 버스커 버스커의 노래를 들으며 지금 이 곳에 와 있는 봄을 즐긴다.

세상 어떤 일에도 희망은 있다. 다만 희망이 없다는 느낌이 들 때가 있고, 세상이 끝난 것 같다는 생각이 들 때가 있다. 세상 어떤 일에도 희망이 없다는 느낌이 들고, 세상이 끝난 것 같을 때 버스커 버스커가 부른 벚꽃 노래를 들어 보자! 그러면 아무리 힘들어도 희망이 있다는 말을 믿을 수 있을 테니.

고등학교라도
졸업해야

큰아이는 고구마를 좋아했다. 다른 음식은 잘 먹지 않았지만 삶은 고구마를 주면 조용히 먹었다. 입이 짧아서 아무리 음식을 먹이려 해도 제대로 먹지 않았다. 입이 게을러서 먹는 것을 싫어했지만, 예민하고 섬세하며 다정다감했다. 하루는 어린이집에 가서 배웠는지 "엄마, 사랑해요"라고 말하며 와서 안겼다. 큰 아이가 어렸을 때 '사는 게 뭐 이런가?' 하고 한탄스러울 때면 와서 '엄마, 사랑해요'라고 말해 줬다. 그러면 그 힘으로 하루를 살았다.

큰아이는 태어나고 백일까지 밤낮이 바뀌었다. 밤 12시가 넘도록 잠을 자지 않았고, 매일 밤 팔이 아프도록 안고 흔들어도 잠을 자지 않는 날이 많았다. 세 살이 될 때까지 한밤중에 한두 번씩 아이 우는 소리에 깜짝 깜짝 놀라 잠을 깼다. 자다 일어나 정신없이 우유를 타서 먹이고 나면 곧 다시 잠이 들었다. 큰아이를 키우며 맞벌이를 하는 동안, 삶이 소진되어 갔다. 치마와 긴 외투, 구두를 버리고 바지와 짧은 외투, 단화를 선택했고, 화장은 최소로 했으며, 머리는 한 갈래로 묶었다.

밤에 잠도 제대로 자지 못했으면서도 낮에는 멀쩡하게 일했다. 낮에 사무실에 출근해서 기를 쓰며 일했고 아이를 데리고 장을 봐서 집에 돌아오면 꼼짝할 힘이 남아 있지 않았다. 아이는 어려서부터 사람을 타서인지 부모 옆에 붙어서 밤 12시가 넘도록 잠들지 않았다. 아이를 재우려면 부모도 같이 옆에서 잠을 자야 했다.

큰아이는 돌 전후에는 온 집 안을 헤집고 돌아다녔다. 서랍장이란 서랍장은 모두 헤집어 옷을 뒤죽박죽으로 만들었다. 서랍장 탐험이 끝나고 나면 싱크대 속을 헤집어 놓았다. 걸어 다니면서부터는 집 안 곳곳에 낙서를 해서 벽을 엉망으로 만들었다. 어떻게든 아이를 잡아서 제대로 된 습관을 들여야 했지만, 체력이 바닥나서 손가락 하나 꼼짝할 힘이 없었고, 아이의 호기심을 이길 수 없었다. 서랍과 싱크대에 잠금장치를 할 수 있었지만 너무 삭막해서 하지 않았다.

친정동네는 서너 바퀴는 돌아야 차 한 대 주차할 공간을 찾을 수 있었다. 기본 30분이 걸렸다. 늦은 퇴근시간에 장을 봐서 아이를 데리고 주차공간을 찾아 겨우 주차를 하고 아이를 안고 짐을 들고 집에 들어가면 9시가 되기 예사였다. 이미 저녁을 먹을 시간은 지났고, 대충 아이 먹일 것만 챙기고 나면 뭘 할 힘이 하나도 없어 널브러졌고 끼니도 제대로 챙겨 먹지 못했다.

남편은 전화를 해도 밤 10시가 넘으면 연락이 되지 않았고, 새벽 1시가 넘어서 들어오곤 했다. 아이가 태어나기 전에는 남편이 집에 들어오기 전까지 잠을 자지 못했고 밤 12시 전에 들어오지 않으면 이유를 묻고 따지고 싸웠지만, 친정에 살면서 혼자 직장생활과 아이 키우기를 병행하다보니 속이 부글부글 끓어도 매일 싸울 수도 없었고, 싸울 힘도 없어서 이혼을 결심하기 전까지 남편이 하는 대로 두고 볼 수밖에 없었다.

어려서 큰아이를 키워주던 집에서 아이를 위해 사진을 많이 찍어주었다. 큰 아이가 어려서 찍은 사진은 전부 어여뻤다. 그래서 아이가 어려서는 사진을 많이 찍었다. 내 사진 솜씨는 엉망이었지만, 그런대로 잘 나왔다. 특히 작은아이 백일사진을 찍으러 갔을 때 큰아이 사진이 예쁘게 나와서 자라면 모델이 될지도 모른다고 생각했다. 그래서 시간이 지나면서 사진을 찍을 때 굳어지는 모습을 보면서 어렸을 때의 자연스러운 모습을 잃어가는 것 같아 안타까웠다.

큰아이가 초등학교 4~5학년이 되었을 때, 인터넷으로 물건을 자주 구입했다. 큰아이가 어렸을 때 백화점이나 쇼핑센터에 가면 항상 안아 달라고 했기 때문에 체력이 달리기도 했고 아이를 안고 다니기에도 지쳐서 큰아이가 자라면서 백화점에 가는 일이 많지 않았다. 마침 인터넷 쇼핑몰이 유행하던 시기여서 둘이 컴퓨터로 큰아이 옷을 같이 보며 골랐다. 큰아이는 어려서부터 옷을 고르는 안목이 있어서 자신에게 어울리는 옷을 잘 골랐다. 큰아이가 인터넷으로 구입한 옷을 입고 다니면 보는 나도 기분이 좋았고 아이도 기분 좋아했다.

큰아이가 중학생이 되었을 때였다. 큰아이는 자라면서 성격이 얌전해졌고 자기 물건 정리를 잘했다. 옷 정리도 곧잘 했다. 어느 날 옷 정리를 하다 보니 그동안 사 놓기만 하고 한 번도 입지 않은 옷이 여러 벌 나왔다. 나는 깜짝 놀랐다. 그때부터 큰아이와 사소한 다툼이 시작되었다. 나는 쌓아 두기만 하고 입지 않는 옷을 보며 화가 났다. 아빠 닮아서 낭비벽이 있다는 생각이 들었다. 그래서 화가 났다. 옷을 안 입을 거면 사지를 말든지, 옷이 도착했을 때 반품을 하든지, 이도 저도 하지 않고 몇 벌을 옷장에 처박아 두고 뭐하는 짓인지 이해할 수가 없었다. 그때부터는 큰아이가 나에게 옷을 사라달라고 하면, 왜 필요한지 일일이 확인을 하고 몇 번을 다짐해야 옷을 사 줬다. 그래서 큰아이는 "옷 사 주세요"라는 말을, 나는 "생각해보고"나, "어떤 옷이 왜 필요한데?"라는 말을 입에 달고 살았다.

남편이 아프고 나서 집 안에서 아이들에게 공부를 하라고 야단을 치면, 남편은 그만 하라고 하거나 불편해 했다. 직장생활 하느라 아이들 공부를 살뜰히 챙기지 못해서 가끔 아이들을 야단칠 뿐이었는데도 남편이 불편해 했고 젊은 나이에 아픈 남편을 보니 '건강하기만 해라' 하는 생각도 들어 아이들이 하는 대로 두었다.

남편의 병세는 하루하루 나빠져 갔다. 내가 직장을 휴직하고 남편을 돌보려고 했지만, 남편과 시댁에서 반대했다. 하루는 남편이 나에게 물었다. 본인이 떠나 있으면 좋겠는지, 같이 있으면 좋겠는지 물었다. 나는 같이 있으면 좋겠다고 말했다. 지금 생각해 보면 그때 남편이 어떻게 하고 싶은지 물었어야 했다. 남편도 한편 먼 곳에 따로 떨어져 있고 싶기도 했지만, 아이들과 함께 있고 싶어 했다. 남편은 아프고 나서는 항상 집에서 나와 아이들을 지켜보며 돌보곤 했다. 나는 내 통장을 전부 남편에게 주었다. 생활비든 뭐든 하고 싶은 대로 하라고 모두 주었다. 남편은 오전에 등산을 갔다가 와서는 세차를 하기도 하고 물건이나 식품을 사서 아이들에게 음식을 해 주기도 하면서 그 낙으로 살았다. 통장을 남편에게 주고 나서 마음이 그렇게 편안할 수 없었다. 진즉 그렇게 살 걸, 뭘 그렇게 아등바등 살았나 싶었다.

　남편이 세상을 떠나자 중학교 2학년이었던 큰아이가 공부를 등한시 하기 시작했다. 남편 생전에도 공부를 열심히 하지는 않았고 그럭저럭 현상유지만 했지만, 남편이 세상을 떠난 후 학교에서 어떤 아이와 친하게 지내면서 성적이 하위권으로 떨어졌다. 큰아이의 성화에 못 이겨 핸드폰을 사 준 지 얼마 되지 않았을 때였다. 큰아이는 노상 친구들과 문자를 보내고 전화 통화를 했다. 하루는 핸드폰요금이 23만원이 나왔다. 통신사에 전화해서 아이들 요금이 그렇게 나오도록 하는 것은 문제가 있는 처사라고 항의를 하며 소동을 부렸다. 결국 통신사에서 약간 할인을 받고 요금을 납부했다. 그 후 큰아이의 통신습관을 바로잡기 위해 지나치게 핸드폰 요금이 많이 나오면 매달 주는 용돈에서 떼기로 했다. 그러자 큰아이의 핸드폰 사용 습관이 개선되었다. 그러나 그 후부터 나와 큰아이는 핸드폰에 대한 트라우마가 생겼다. 큰아이는 핸드폰에 더 집착해서 핸드폰이 없으면 견디지 못했고 나는 그 꼴을 볼 수 없어서 큰아이가 핸드폰을 들고 있는 걸 보면 화가 났다. 물론 화가 난다고 아이에게 화풀이를 하지는 않았지만, 눈치가 빠른 큰아이는 내가 핸드폰 들고 있는 걸 싫어하는 줄 알아서 조심했다.

　고등학교 진학할 시기가 되자, 인문계 고등학교에 갈 성적이 되지 않아 여러 학교를 알아보다가 시골에 있는 인문계 학교에 진학시키고 통학을 하도록 했다. 도시에 있는 학교를 다니면 좋겠지만, 인문계 고등학교에 진학할 성적이 되지 않자 큰아이가 차라리 시골에 있는 고등학교에 통학하겠다고 했다. 그러나 막상 고등학교에 진학한 뒤 큰아이는 학교생활에 적응하지 못했다.

시골 학교는 면학 분위기가 엉망이었고, 도시에서 곱게 자란 큰아이는 시골 아이들 틈에서 견디지 못했다. 몇 달이 지나자 학교에서 전화가 왔다. 담임 선생님이었다. 큰아이가 학교에서 없어졌는데 집에 왔는지 묻는 전화였다. 나는 하늘이 노래졌다. 깜짝 놀라서 집에 달려가 보니 집에도 아이가 없었다. 혹시 가출을 한 건지 사고가 났는지 걱정이 되었다. 아무 곳에도 연락이 되지 않아 직장으로 다시 돌아와서 아이가 집에도 오지 않았다고 학교에 전화 했다. 직장에서 일을 하며 집이나 아이에게 계속 전화를 했지만 통화가 되지 않았다. 한참 지난 후에야 큰아이가 집 전화를 받았다. 다행히 큰아이는 집에 돌아와 있었다. 학교에서 전화 오는 줄 알고 안 받았다고 했다. 아이에게 무슨 큰일이 생겼나 걱정하던 참이라 아이에게 별다른 내색은 하지 않고 학교에 데려다 주고 선생님께는 죄송하다고 인사를 한 뒤 돌아왔다. 나는 큰아이를 어떻게 해야 하나 고민했지만, 당장 어떻게 할 수 있는 방안이 없었다. 큰아이는 학교에서 몇 번 더 무단으로 돌아왔다. 그때마다 다른 큰 일이 생기지 않은 것을 감사하게 생각하면서 아이를 학교에 데려다 주고 선생님께 잘 부탁드린다고 인사하며 돌아오곤 했다.

아이를 학교에 데려다 주고 돌아올 때는 온갖 생각이 다 들었다. '이 지경으로 가면, 고등학교도 졸업 못 하겠구나' 하고 절망적인 생각이 꼬리를 물었다. 눈앞이 캄캄하고 기가 막혔다. '저 아이가 고등학교라도 졸업을 해야 할 텐데, 제발 고등학교라도 제대로 졸업하게 해 주세요' 하고 마음속으로 빌었다. 학교에서 무단으로 귀가하는 일이 반복되자 어떤 방법이든지 강구해야만 했다. 대안학교로 보내든지, 다른 학교로 전학을 시키든지. 현실적으로 선택 가능한 방법이 거의 보이지 않았다. 그 점이 더 답답했다. 시댁가족들과도 의논해 보았지만 별 다른 방법이 없었다.

하루는 여러 가지 방법을 생각해 보다가 혹시 어떤 학교든지 전학을 시켜 볼 수 있지 않을까 싶어서 교육청에 전화를 했다. 마침 중등교육과 상담과정에서 전년도부터 시내 인문계 고등학교 학생이 미달이어서 결원이 있기 때문에 전학이 가능하다고 했다. 그래서 바로 아이를 시내 인문계 고등학교로 전학시켰다.

큰아이를 전학시키고 나자 모든 일은 일단락되는 듯했지만, 한창 사춘기였던 큰아이는 그 험한 일을 겪고 나니 거친 파도 같았다. 우리 두 사람은 사흘이 멀다 하고 마음이 맞지 않아 티격태격했다. 큰아이는 화가 나면 방문을 틀어 잠그고 방에 들어앉았고 나는 그 꼴을 보지 못했다. 큰아이가 방에 들어가고 나면 어떤 협박이라도 해서 나와서 사과하도록 만들었다. 그러다 보니 매일이 전쟁터 같았다. 그렇게 큰아이를 키웠다.

큰아이를 키우면서 알았다. 북한에서 쳐들어 내려오지 못하는 이유가 중2 때문이라는 것을…. 큰아이와의 갈등 과정에서 MBTI 성격유형검사의 도움을 많이 받았다. 그 덕분에 나중에 MBTI 공부를 하기도 했다. 아이나 주위 사람들과 풀리지 않는 문제는 가끔 두 사람의 서로 다른 선호경향 때문이었다. MBTI 검사결과 나는 지나치게 이성적인 성향이었고, 우리 큰아이는 감정이 발달했다. 그래서 큰아이는 항상 따뜻하고 사랑이 넘치는 엄마가 그리웠고, 말이 많지 않은 나는 큰아이의 다변이 힘들었다.

큰아이를 키우면서 MBTI 검사를 두 번 받았다. 한 번은 가까운 청소년 시설 심리 상담실에서, 한 번은 가톨릭 시설 심리 상담실에서다. 첫 번째 검사는 공공기관이어서 무료였고, 두 번째는 유료였다. 사람 사이의 간극으로 힘들어하는 분들이 있다. 그 간극은 때로는 주변에서 필요한 도구를 찾아 활용함으로써 해결할 수 있다. 내가 힘들었을 때 MBTI 도구의 도움을 받은 것처럼 다른 분들도 도움을 요청하는 손을 내밀기도 하고 도움을 받기도 했으면 좋겠다.

제3장

우울증에 걸린
사람들의 특징

우울증은 한 번 걸린 사람들이 다시 걸린다고 한다. 큰아이를 낳고 집에 있는 동안 세상 사는 재미가 없었다. 마치 내일 세상의 종말이 올 것만 같았다. 당시 TV에서는 지구 종말이나 예언, 무속 또는 샤먼이 나오는 공포 프로그램들이 많이 방영되었다. 출산휴가 기간 동안 아이도 남편도 잠이 들고 잠이 오지 않는 밤에는 무심히 TV를 켜 놓고 있었다. 머리가 맑지 않았고 잠도 오지 않았지만 아무 것도 하지 않으니 갑갑해서 켜 놓은 TV 프로그램에 자연히 시선이 갔다.

TV를 보고 있으면 며칠 내로 지구 종말이 오지 않더라도 멀지 않은 미래에 세계의 종말이 오리라는 불안이 엄습했다. 아이를 낳고 나니 몸은 예전 같지 않았고, 남편도 몸이 좋지 않았으며. 아이는 낮에는 자고 밤에는 한밤중까지 잠을 자지 않아 팔이 아프도록 흔들어도 좀처럼 잠들지 않았다. 산후조리를 위해 바람기가 하나도 없고 햇빛 한 점 들어오지 않는 북쪽 방에 기거했기 때문인지 모른다.

시골에 있는 아파트에 살았고 유모차나 유아용 차량시트를 준비해 놓지 않아 아이를 데리고 밖에 나가는 건 엄두도 내지 못했다. 큰아이를 낳으면서 많이 틀어서 가만히 있어도 몸이 편치 않았다. 요즘 지하철이나 KTX, 백화점을 다니다 100일도 되지 않은 아기를 데리고 다니는 엄마들을 보면 '나도 저렇게 했으면 좋았을 텐데' 하는 부러운 생각이 든다. 북쪽방 지는 햇빛이 들어오는 어스름에 잠이 든 아이와 누워 있으면 세상이 온통 얼룩덜룩한 붉은 빛 정육점 같은 느낌이었다.

큰아이는 늦가을에 태어났기 때문에 아이를 낳고 몸조리를 마치고 집에 돌아오자, 이미 한겨울이었다. 일조량이 현저히 줄어든 데 다 늦은 오후에야 햇빛이 드는 북향 방에서 지내다 보니 기분이 매일 좋지 않았고, 약간씩 울렁거리는 듯이 속이 메슥거렸고, 머리가 떵하고 숨쉬기가 힘들었다. 고등학교 시절 가정가사 시간에 아이를 낳고 나면 산후 우울증이 오는 경우가 있다는 이야기를 들어 알고 있었지만 당시에는 '산후우울증'이라는 생각을 하지 못했다.

세상사 살다 보면 뜻대로 마음대로 되지 않는 일들이 많다. 좌절하고 힘들 때마다 우울증이 찾아올 리 없지만, 때로 힘들고 어려운 인생의 고비를 넘다 보면 뜻대로 움직여 주지 않는 환경이나 약한 마음으로 인해서 우울증이 깃든다. 우울증이 삶에 깃들었을 때 어떤 증상이 나타날까?

내가 생활을 통해 느낀 우울증 증상은 스스로 자신이 우울증인 줄 몰랐고 받아들이지 않는 것이었다. 별일이 아니라고 생각하며 시간이 흐르면 자연히 치유되리라 믿었다. 또, 움직이지 않고 계속 집에만 머물려고 했고 약속시간에 늦거나 약속을 잘 지키지 않았다. 또 누구든지 자신의 삶에 들어오는 것을 허용하지 않았고 거부했다.

내가 우울증인 줄
알지 못했다

　시숙께서는 장례식을 치르고 돌아와 그 날로 사망신고를 해 주셨다. 당시에는 왜 그렇게 서두르시는지 이해가 되지 않았다. 남편과 23살 차이가 나는 시숙께서도 막냇동생을 보내고 힘드셨을 텐데 다시 충격을 받으실까 걱정이 되었다. 또 마음속으로 장례식 날 법적으로나마 남편이 살아있기를 바랐지만 내색하지 않았다. 시간이 지난 지금 생각해보니 시숙께서 사망신고를 당일로 해 주지 않으셨다면 언제 사망신고를 했을지 알 수 없다.

　남편 장례식을 치르고 집에 돌아온 첫날 꿈에 화장장에 있던 남편의 관이 나타났다. 자다가 잠에서 깨어 천장을 바라보고 가만히 있었다. 집 밖의 가로등에 비친 연한 불빛이 천장에 비치고 있었다. 꿈이 현실이었고, 현실이 꿈같았다. 화장장에서 느꼈던 무력감이 꿈으로 나타났다. 고인의 첫 메시지라고 생각했다. 고인의 첫 메시지가 '좋은 곳에 잘 갔다'는 메시지였다면 좋았을 텐데 안타까웠다. 살아있는 동안 고생했는데, 좋은 곳에 가지 못했나 걱정이 되었다. 내 몸은 누워 있었고 내 마음은 천장에 어른거리는 불빛 위에 앉아 있었다. 밤은 어두웠지만, 가위에 눌린 듯 불을 켤 수 없었다. 불을 켜지 않은 채 천장을 향해 누워 그대로 있었다.

집 청소를 한 후, 동향인 아파트 앞 뒤 베란다 창문을 죄다 열어 놓은 채 거실에 혼자 앉아 있었다. 집 앞뒤로 심어진 벚꽃나무에서 베란다 창문 뿐 아니라 온 집안 창문으로 벚꽃잎이 쏟아져 들어오는 듯했다. 화장장에서 장례식장을 향해 떠날 때 온 세상을 환하게 밝힐 듯 피었던 벚꽃들이 생각났다. 벚꽃을 보고 있어도 아무런 생각이 나지 않았다. 해탈해서 앉아 있었으면 좋았을 텐데, 허탈하게 앉아 있었다. 무엇을 할 수 없었다. 장례식 날 꾸었던 꿈이 머릿속을 맴돌았다. 장례식을 치렀지만, 남편이 없다는 실감을 할 수 없었다.

하루가 가고, 이틀이 갔다. 하루하루 느리게 시간이 흘러갔다. 직장에 다니지 않았다면 어떻게 건뎠을까? 다행히 일을 하고 있는 동안에는 아무런 생각이 나지 않았고 일만 할 수 있었다. 일을 하는 동안에는 시간이 잘 갔다. 그래서 일거리가 있으면 야근을 했다. 밤에 차를 주차해 놓고 집으로 들어갈 때면 오래된 5층 아파트 대단지의 노란빛 가로등이 가로수와 아파트 건물을 비췄고 아파트 단지 안에는 인적이 없었다.

벚꽃이 피었던 봄이 가고 5월이 왔다. 일 때문에 경주에서 개최되는 워크숍에 참석했다. 1박 2일 일정이었지만 아이들이 어려서 1일차 행사를 마치고 귀가해야 했다. 같이 참석하신 분들은 남편이 세상을 떠난 후에 부조를 해 주셨고 업무상으로도 내가 챙겨야 하는 입장이어서 함께 식사를 하고 노래방까지 갔다. 밤 11시였다.

경주를 출발하기 전에 가까운 휴게소 화장실에 갔다. 스스로 자청한 일이었지만, 밤 11시가 넘은 시간에 차를 몰아 집으로 돌아갈 생각을 하니 몸은 피곤하고 마음은 무겁고 사는 게 답답했다. 이렇게 살아야 하나 삶이 갑갑했다. 워크숍에 가야 한다고 친정에 이야기했다면 친정엄마가 하루쯤 집에 와서 잠을 자고 아이들을 챙겨 학교에 보내 줄 수 있었지만, 고지식하게도 누구에게든 도움을 청할 줄 몰랐고 혼자서 모든 일을 처리하려고 했다. 이때 심리적으로 과부하가 걸렸다. 사는 게 무의미하고 답답하던 중에 앞으로 살 일이 더욱 갑갑하게 느껴졌다. 모든 것을 혼자 하려고 하는 나 자신과 상황에 화가 났지만, 거울을 보며 스스로를 달랬다. 그리고 밤을 달려 집으로 돌아왔다.

집에 돌아와 잠을 자고 그 다음 날 일어나 보니 8시 15분이었다. 큰아이가 학교에 도착해야 하는 8시 20분이 다 되었다. 부리나케 큰아이를 챙겨 학교에 데려다 주었지만 교문으로 큰아이를 들여다 보냈을 때는 결국 8시 20분이 지난 시간이었다.

사고를 친 기분이었다. 일찍 일어나 아이를 챙겨 보내지 못한 스스로에게 실망했고 자괴감이 들었다. 어떤 일을 제대로 해야 하는데 하지 못한 좌절감이 드는 한편, 남편이 없어졌는데도 아무런 변화가 없는 삶이 답답해서 자포자기 하고 싶은 기분이 들었다.

아슬아슬하게 빙판 위를 걷는 것처럼 생활해 오다가 빙판이 깨져 버린 느낌이었다. 몸이 풍덩 얼음 물 속에 빠져 버려 춥고 난감한 상황이지만 차가운 물속에 빠져 버려 오히려 후련한 느낌이었다. 내 삶을 조정하던 가는 실이 끊어졌다.

여름이 왔다. 내 생활규율은 무너졌다. 사람이 가고 없는데 아무것도 변하지 않는 현실이 싫었다. 집에 있는 동안에는 늘 춥고 서늘

했으며 집 안에 바람이 불었다. 사람이 가고 없는데도 아무렇지도 않은 듯 근무하기가 힘들었고 버틸 힘이 없었다. 처음으로 희망하는 근무부서를 적어냈다. 그리고 근무부서를 옮겼다. 옮긴 근무부서에서 1년 6개월을 근무했다.

찬바람이 불자, 아파트는 더 서늘하고 추웠다. 근무부서를 옮기고 나자 6개월간은 업무에 적응하느라 다른 생각을 할 수 없이 시간이 잘 갔다. 12월이 되자 집주인에게서 전화가 왔다. 아파트를 내놓았다고 했고 우여곡절 끝에 직장임대아파트로 이사했다.

직장 근무부서와 사는 곳을 옮기고 나니 조금은 숨통이 트이는 기분이 들었다. 조금 덜 답답했다. 오래된 아파트여서 조금 험하기는 했지만 환경이 바뀌게 되어 좋았고, 다행히 아이들 학교 근처라 전학을 하지 않을 수 있어서 좋았다.

새로 이사한 아파트는 지은 지 30여 년이 된 아파트여서 아이들은 오래된 아파트라고 싫어했지만 아파트 수리를 하고나자 만족해했고, 나는 그 아파트에 살게 되어 마음이 오히려 편안해졌다. 직장에서는 격무에 시달리지 않았고 오래된 아파트였지만 차라리 아무렇게나 자라고 있는 정원수들에 정감이 가서 좋았다.

남편이 세상을 떠나자 큰아이는 충격을 크게 받았다. 중학교 2학년에 아빠를 잃은 그 심정이 어땠을까? 아이를 안고 보듬고 챙겼어야 했지만 나는 아이를 돌아볼 여유가 없었다. 큰아이는 다행히 학교생활을 잘했고 사고를 치지는 않았지만 그동안 꾸준히 했던 공부를 계속 이어서 하지 못했고, 성적이 급격히 나빠졌다. 큰아이와 내 사이도 조금씩 나빠져 갔다. 급기야 매일 싸우는 지경이 되었다. 나는 성적이 바닥으로 떨어지는 아이를 보면 화가 났고 아이는 아이 대로 마음에 들지 않는 학교에 다녀야 하는 현실에 힘들어했다.

다시 겨울이 되자 직장에서 사무실을 1년간 지하로 이전했다. 신축 건물 지하주차장을 구획을 해서 임시사무실로 사용했다. 사무실은 낮에도 불을 켜야 했고 추웠고 답답했다. 공기는 건조했지만 습한 느낌을 떨쳐 버릴 수 없었다. 낮에는 점심시간을 이용해서 산책을 할 수 있었지만 밤에는 계속 야근을 해야 하는 생활이 이어졌다. 문득문득 스스로도 어떻게 할 수 없는 현실과 무기력이 나를 공격했다. 억지로 조금씩 힘을 끌어 모아 마음을 다잡아 봐도 단단하지 못한 마음은 쉽게 풀어져 버렸다.

사무실을 지하로 옮긴 후, 어렴풋이 내 상태가 좋지 않다는 생각을 했다. 큰아이를 낳고 집에 있는 동안 느꼈던 감정들이 자꾸 올라왔다. '왜 그때랑 기분이 비슷하지?' 하는 생각까지 들었지만 내 상태가 우울증이라는 생각을 하지 못했다.

가까운 사람이 세상을 떠났거나 큰일로 충격을 받았을 때, 아이를 낳았을 때나 갱년기, 겨울이 오는 길목에서 쉽게 우울증이 찾아온다. 어떤 사람이든 우울해질 수 있다. 맑은 날도 있고 흐리거나 비오는 날도 있는 것처럼 우리 마음에도 날씨 변화가 있을 수밖에 없다. 때로는 우울해지기도 하고 우울해질 권리도 있다. 한 번쯤 내 마음의 일기예보에 귀를 기울이고 괜찮다고 다독이며 자신을 안아 주자.

우울증 진단을
받아들이지 않는다

　지하로 이전한 사무실에 근무하며 하루하루를 보냈다. 매일 비슷한 생활이 반복되었다. 출근하자마자 일을 시작해서 하루 종일 일했다. 아침 점심 커피 한 잔이 활력을 줄 뿐이었다. 같이 근무하는 동료와 커피를 마실 때도 있었지만, 책상에 앉아 일을 하며 마시기도 했다. 모두 열심히 일하는 분위기라 떠드는 사람도 없었고 매일 야근을 했다.

　하루는 큰아버지께서 돌아가셨다는 연락이 왔다. 가야 했지만 갈 수 있는 상황이 되지 못했다. 같이 근무하는 직원들에게 말을 하고 다녀올까도 생각해봤지만 아이들을 맡길 곳이 없었다. 친정엄마와 동생들도 모두 장례식에 참석해야 했다. 한 번 가면 2~3일 자리를 비워야 했는데 해야 할 일이 쌓여 있어서 몸을 뺄 수 없었다. 한참을 고민하다가 결국은 가지 않기로 했다. 장례식에 참석하지 못하는 내 상황에 자괴감이 들었다. 그때 가지 못한 것이 아직까지 마음에 죄스러움으로 남아 있다.

　지하 임시 사무실에서 근무하는 동안, 큰형님은 암으로 투병하셨고 큰아버지께서는 돌아가셨으며 큰아이는 시골학교를 싫어해서 무단으로 귀가하기 일쑤였다. 나는 계속 아이를 찾아 학교에 데려다 주었고 밤이 되면 아이를 데리러 다시 학교에 갔다. 큰아이는 성적이 나빠 중학교 3학년 때부터 과외 공부방에 다녔지만 곧잘 지각했고 제대로 공부하지 않았다. 결국 과외 공부방 선생님으로부터 호출을 받았다. 가족들이 심리검사를 받았으면 한다고 했다. 큰아이가 공부를 제대로 하지 않으니 이유를 한 번 찾아보자는 뜻으로 이해했다. 그래서 과외공부방 선생님의 안내로 인터넷으로 MBTI 검사를 한 후 가톨릭 시설에 두 번 방문했다.

약속을 하고 가톨릭 시설을 방문했지만 상담자를 만나기까지 한참을 기다렸다. 상담자는 수녀님이었다. 수녀님께서는 처음 방문한 우리를 친절하게 맞아 주셨지만, 검사에 대한 안내를 해 주지 않으셨다. 나도 검사나 후속 과정에 대해 물어보지 않았다. 단지 심리검사를 받고 아이의 성적이 향상되기만 하면 된다고 생각했다.

방문 첫날은 아이들과 내가 각각 몇 가지 심리검사를 받았다. 방문 둘째 날은 수녀님께서 검사 결과지를 주며 읽어 보라고 하셨고, 그다음 주부터 시작되는 모래놀이 치료에 참석하라고 알려 주셨다. 나는 모래놀이 치료에 참석하라는 통보에 깜짝 놀랐지만, 별다른 내색을 하지 않고 참석할 수 있을지 모르겠다고 얼버무리며 시간과 장소만 확인하고 돌아왔다.

단지 심리 검사만 하겠다고 온 상황에서 갑자기 치료를 받으라고 하니 너무 당황스러웠다. 또 심리 검사를 했으면 신뢰를 형성하고 상담을 제대로 완료해야 했는데, 검사지와 『16가지 성격유형의 특성』 책자를 읽어 보라고만 하시니 난감했다.

특히, 그때 받았던 MBTI 검사는 심리적 선호경향 검사로 사람마다 다르게 타고난 심리적 기능이 어떻게 사용되는지 그 역동을 알려주는 검사다. 큰아이와 나는 이전에 청소년 상담기관에서 MBTI 검사를 받은 적이 있었고 검사 결과에 대해서 친절하고 주의 깊은 상담을 받았다. 그래서 나는 당연히 검사 결과에 대하여 상담이 이루어질 것으로 기대하고 있었다.

수녀님께서는 가장을 잃은 우리가 처한 상황을 간과했다. 첫 방문 때는 검사에 집중했으며, 두 번째 방문 때는 결과지를 나눠 주는 것으로 자세한 상담을 대신했고 후속 치료를 당연시했다. MBTI 검사 결과에 대해서도 가족 간의 관계나 역동에 대하여 구체적인 설명을 듣지 못했다. 상담 기관을 방문해서 검사를 받는 동안 기분이 상했고 상처를 받았으며 화가 났다.

후속검사에 거부감이 든 건 경제적인 이유가 컸다. 심리 검사를 받는 데 1인당 5만 원, 합해서 15만 원이 들었다. 당시에는 심리 검사나 심리 상담이라는 말을 들어본 적이 없던 상황에서 심리 검사를 받는 데 15만 원을 냈고 또 왜 받아야 하는지 이유도 알 수 없는데 심리 치료를 받아야 한다고 하는 것이 부담으로 다가왔다. 계속되는 야근으로 시간을 낼 수 없는 형편인데다 1회 심리 치료 비용도 심리 검사 비용에 맞먹는 금액이었다.

수녀님은 심리검사를 마치고 나에게 우울증이라고 진단하지 않았다. 단지 내가 심리치료를 받았으면 좋겠다며 매주 목요일 모래놀이 치료 참여를 권했다. 아이들은 괜찮은지 물었을 때 아이들보다 내가 치료를 받아야 한다고 했다. 그때 나는 내가 치료를 받아야 한다는 말을 받아들이지 못했다. 그 말에 기분이 상했다. '남편이 세상을 떠난 상황에서 충격을 받는 게 정상이다. 시간이 지나면 나을 텐데, 왜 이해를 못하는 것일까?'라고 생각했다.

아이들을 키우면서 제대로 돌보지 못하고 있다는 생각이 들 때, 주말이 되면 나락으로 빠지는 자신을 돌아보며 어렴풋이 '내가 빠져서는 안 될 늪에 빠졌나?', '혹시 어디서 치료라도 받아야 하는 게 아닐까?' 생각한 적이 있었지만, 막상 치료를 받아야 한다는 말을 듣게 되자 받아들이지 못했다.

나는 그때 제대로 상담을 받지 못했다고 느꼈고 화가 났다. 그래서 MBTI가 무엇인지 알아보려고 MBTI 상담 공부를 시작했다. 교육 첫날 MBTI는 심리선호경향검사이므로 개인적으로 큰 충격을 받은 상황에서 적용되어서는 안 된다는 교육을 받았다. 그 말을 듣고 매우 기뻤다. '그래, 내 말이 맞았어'라고 생각했다. 그러나 시간이 지나면서 곰곰이 생각해보니 그때 여러 가지 검사를 실시했기 때문에 수녀님께서 MBTI 검사 결과만으로 나에게 모래놀이 치료를 권하시지는 않았으리라는 생각이 든다. 결국 나는 내 스스로 내 자신의 우울증을 받아들이지 못한 셈이었다.

어떤 사람이 우울증 증세를 보일 때, 상황을 파악하고 치료를 권하더라도 당사자가 그걸 수용하기는 매우 어렵다. 첫째는 본인 스스로 마음의 빗장을 열지 않기 때문이다. 둘째는 마음의 감기인 우울증은 신체의 병과 달라서 본인도 심각성을 잘 느끼지 못하기 때문이다.

그래서 마음의 감기인 우울증의 증세 호전을 위해서는 오랜 기다림과 관심과 보살핌이 필요하다. 오래 기다리면 어떤 환경 변화가 와서 나아질 수도 있을 테고, 오랜 관심과 보살핌이 이어지다 보면 어느 날 한 줄기 감동이 그 사람을 변화시킬 수도 있다. 또 우울증을 앓는 자신이 어느 날 스스로 변하기로 마음먹는 순간 변화가 찾아오기도 한다.

별일 아니라고
생각한다

매일 아침 일어나면 무엇부터 해야 할지 막막했다. 남편은 언제 어느 곳에 있어도 아침저녁으로 전화를 했다. 병석에 있었지만 정신이 맑았기 때문에 모든 일을 스스로 결정했다. 임종 직전에 의식을 잃었지만, 그 전까지 입퇴원을 비롯한 모든 일에 대해 의사표현을 명확히 했다. 그래서 조금 더 견뎌줄 것으로 믿었다. 남편이 세상을 떠나자 뭘 해야 할지 알 수 없었고, 어떤 일도 더 큰일이 될 수 없었다. 세상 모든 것이 하나도 변하지 않았는데 단지 남편만 존재하지 않았다. 밥을 해 줘야 할 사람이 없었고, 전화를 해 주는 사람이 없었다.

우선 옆에 있던 사람이 사라져버린 상황, 남편의 죽음을 받아들이기 힘들었고, 암과 싸워 졌다는 패배감이 엄습했다. 자연식을 하며 암을 이겨냈다는 책들을 읽었고 그대로 해 보려고 노력했지만 환자를 온전히 제대로 돌보지 못했다. 직장 휴직을 고려했지만 남편과 시숙께서 반대했다. 처한 입장에서는 최선을 다했지만 남편이 세상을 떠났기 때문에 결과적으로 어떤 변명도 통하지 않았다. 남편은 갔고 나는 남았으니 나 혼자 패배감에 젖었다.

남편이 죽기 얼마 전에 옆방에 근무하던 직원과 복도에서 인사를 하며 안부를 나눈 적이 있었다. 늦은 나이에 결혼해서 아이 둘을 예쁘게 키우는 씩씩한 직장 후배였다. 항상 밝았기 때문에 보는 사람에게 힘을 줬다. 같은 직장에 근무하고 있어도 좀처럼 마주칠 일이 없었는데 그날 우연히 만났다. 그런데 며칠 후 그녀가 아침 출근길에 교통사고를 당해 세상을 떠났다는 소식을 들었다. 그 소식은 충격이었다.

직장 후배가 교통사고로 죽었다는 소식을 들었을 때 남편도 한창 안 좋은 상황이라 나는 더 의기소침해졌다. 그리고 남편이 세상을 떠난 후에는 직장 후배의 일을 생각하니 내 주위에 계속 사신이 따라다니다가 직장 후배도 데려갔나 하는 생각이 들어 미안한 마음이 들었다.

직장에는 40대 초반에 남편이 세상을 떠난 혼자된 여직원이 거의 없었다. 나는 저절로 위축되었다. 남편이 아픈 동안에는 내가 아무리 발버둥 쳐도 벗어나지 못할 올가미에 갇힌 것 같았고, 남편이 세상을 떠나자 벽에 부딪친 느낌이었다. 남편이 아픈 동안에도 사람들이 웃고 떠드는 데 별다른 감흥이 없었지만 남편이 세상을 떠나자 주변의 희노애락에 더 무감각해졌고, '큰일이다'라고 느껴지는 일이 없었다. 세상사 어떤 일도 죽음과 비교하면 솜털처럼 가벼워 보였다.

세상 사람 아무도 겪지 않는 불행을 나 혼자만 겪은 것 같았다. 배우자를 병으로 잃은 사람은 나뿐인 것만 같았다. 세상 모든 불행이 내 책임이라고 생각하지 않았지만, 내 주변의 불행은 내 책임인 것처럼 느껴졌다. 많은 말을 하지 않았고 할 일만 했다. 나에게 말을 거는 사람도 별로 없었고, 내가 먼저 말하지도 않았다. 그런 상황이 오히려 감사했다.

근무부서를 옮긴 후에도 그런 상황은 계속 이어져 갔다. 겉보기에 밝은 듯 보여도 해야 할 말만 했고 할 일만 했다. 아이들이나 주위 사람을 제대로 돌보지 못했고 내 마음 추스르기에도 힘이 들었다. 세상 사는 일에 재미나 흥미도 없었고, 하고 싶은 일도 없었다. 직장에서는 일만 열심히 했다. 몇 년을 그렇게 지냈다. 나만 혼자인 것 같은 세월이었다. 세상일이 허무하고 허무했고 사람의 삶이 아무 것도 아니라는 생각을 버릴 수 없었다.

나는 어려서 생각이 많은 아이였다. 동네 앞 낮은 산자락에 큰 소나무 몇 그루가 있었고 소나무에는 그네가 매어져 있기도 했다. 파란 하늘에 흰 구름이 한 점 떠 있었고, 할머니 댁 텃밭에는 김장용 배추들이 줄지어 심어져 있었다. 그날은 어쩐 일인지 집에 사람들이 없어서 혼자서 배추밭과 집을 연결하는 길목을 왔다 갔다 하다가 하늘을 보며 '가을'이나 '삶', '쓸쓸함'에 대해서 생각했다. 어려서부터 혼자인 적이 많아서 외로움에 길들여져 있었고, 혼자 지내는 일에 익숙했다.

그러나 결혼 후 남편과 이혼을 결심했지만 이혼하지 못했고 아이 둘을 키우고 살면서 혼자 사는 일에 멀어져 있었다. 남편이 세상을 떠난 후 여러 사람 속에 있었지만 항상 혼자였다. 혼자이기를 원했고 그래서 혼자일 수 있었다. 어려서부터 가졌던 '삶'에 대한 고민이 되살아났다.

혼자서 오랫동안 고민을 했다. 어차피 죽을 텐데 아등바등 사는 현실이 한심하고 의미가 없었다. 허무하고 허무하고 허무했다. 사람들은 모두 죽는다. 나도 죽는다. 열심히 살아도 바람처럼 공기처럼 사라질 텐데, 죽음에 비한다면 세상 모든 일은 사소하기만 했다.

오랜 고민 끝에 마음을 비웠다. 사람은 어차피 죽는다. 내가 죽을 확률은 100%다. 당신이 죽을 확률도 100%다. 만약 결혼을 한다면 나보다 배우자가 먼저 죽을 확률은 50%다. 내가 먼저 죽거나 또는 배우자가 먼저 죽는다. 누구나 혼자될 수밖에 없고 나는 혼자되는 순간을 조금 일찍 경험했을 뿐이다.

세상 모든 일이 별일이 아니라는 허무함에서 벗어나기까지 몇 년이 걸렸다. 세상 모든 일은 특별하다고 생각한다. 오늘 부는 바람이 어제 불었던 바람이 아니듯 지금 들리는 새소리를 내일 이 시간에 들을 수 없다. 매 순간은 단 한 번뿐이다. 오늘은 단 하루뿐이고 내일은 오지 않았다. 매 순간 순간을 치열하고 즐겁게 살자.

시간이 해결해 줄 거라고
믿는다

"사람을 아는 데는 5년이 걸린다."

지금은 내 생각이 되었지만 작은 고모가 한 말이다. 내가 고등학생이었을 무렵 우리 집에 왔을 때 이렇게 말했다. 당시에는 흔치 않은 연애결혼을 했던 작은 고모는 그동안의 시간을 그 한마디에 담아 표현했다. '결혼을 하기 전에 사람을 다 아는 것 같지만, 막상 살아 보니 다 아는 것이 아니었고, 5년을 살아 보니 겨우 알게 되었다'는 말씀이었다.

작은 고모는 4남 2녀 중 막내였다. 나는 쌍둥이 남동생들이 두 살 터울로 태어나는 바람에 작은 고모네 집인 할머니 댁에서 같이 살았다. 할머니 댁으로 가는 마을 입구에는 용꼬리인지 용머리가 묻혀 있다는 돌무덤처럼 생긴 넓고 평평한 네모난 사각 바위가 높은 곳에 있었고 논밭을 지나 조금 올라가면 가운데 큰 구멍이 있는 '당나무'라고 불리는 큰 느티나무가 한 그루 서 있었다. 날이 어두워지기 시작할 무렵 당나무를 지나 마을로 들어설 때면 집집마다 굴뚝에서 연기가 모락모락 올라왔다.

책 읽기를 즐기는 선비였던 할아버지는 인근에서 드물게 특용작

물을 재배하셨다. 집안에 농사일이라고는 특용작물로 재배한 도라지 까는 일이 전부였다. 큰 농사일이 없었기 때문에 작은 고모와 나는 평소에는 자유롭게 하고 싶은 일을 하며 지냈다. 고모는 제삿날이 되면 밤도 깎고 전도 부치며 일을 했고 나는 심부름을 했다.

할아버지께서는 집에서 책만 보셨기 때문에 산에 가서 나무를 해오는 법이 없었고, 겨울 무렵이 되면 선산에서 낙엽송 몇 그루를 자르도록 해서 겨울 땔감으로 장만해다 놓도록 하실 뿐이었다. 할머니는 꽂아 놓은 곶감 빼 먹는 심정이었기 때문에 낙엽송으로 만들어 놓은 좋은 땔감 쓰기를 아까워하셨다. 그래서 틈이 나면 산에 가서 소나무 밑에 떨어진 마른 소나무 잎인 갈비를 끌어와서 땔감으로 쓰시곤 했다. 나는 할머니께서 혼자 일하시는 모습이 안타까워서 졸졸 따라 다니곤 했다.

작은 고모와 내가 둘만 집에 같이 있는 날이면 방에서 편하게 쉬었다. 작은 고모는 흰 머리카락 한 개를 뽑으면 10원을 준다고 했지만, 젊었던 고모 머리에 흰머리가 많을 리 없었다. 둘이 방에서 놀고 있을 때면 면 소재지에 있는 교회에서 울리는 종소리가 아련히 들려 왔다. 할머니 댁은 면 소재지에서 조금 떨어진 마을이라 멀지 않은 곳에 교회가 있었다. 고모는 교회에 다녔고, 교회에서는 선생님을 했다. 고모는 교회에 갈 때면 성경과 찬송가를 가지고 갔고, 성경책 속에는 성금으로 내기 위한 빳빳한 천 원짜리 지폐가 꽂혀 있곤 했다.

그러다 얼마 지나지 않아 작은 고모는 큰 고모가 있는 도시로 갔고 다시 돌아오지 않았다. 대신 어느 날 어떤 남자분이 찾아왔다.

할아버지나 할머니는 법도 필요 없다고 할 만한 어른들이라 집 안에 손님이 오면 홀대하는 법이 없었지만 그 남자 분은 무척 홀대를 받았다. 심지어 물 한 잔도 제대로 마시지 못하고 내쳐졌다.

나는 그분이 돌아가신 후에야 어렴풋이 고모가 결혼하려 했던 남자라는 사실을 알게 되었다. 작은 고모는 도시로 나가 취직해 있으면서 연애를 했다. 당시에는 연애결혼이란 있을 수 없는 일이라고 생각되었다. 마을 전체에 연애결혼한 사람은 한 사람도 없던 때여서 매우 파격적이었다.

할아버지와 할머니께서는 작은 고모보다 몇 살 많았던 작은 삼촌도 중매로 결혼을 시키셨고 집안, 건강 등 조건이 좋지 않은 사윗감에게 딸을 맡기면 막내딸이 고생할 것은 불 보듯 훤하다고 판단하셨기 때문에 작은 고모가 연애결혼하는 것을 극력 반대하셨다. 하지만 막내딸의 억지를 이기지 못해 울며 겨자 먹기로 결혼을 시키셨다. 고모는 시집가기 전에는 손에 물 묻히는 집안일 하나 제대로 하지 않았지만, 결혼 후에 교회에 다니지 않게 되었고, 시댁 제사를 전부 맡아 지내는가 하면 맏며느리가 아니면서도 맏며느리 노릇을 했다. 평생 직장생활을 하며 아들딸 키우고 고생도 많이 했다. 하지만 노년이 되어서는 고모부와 오순도순 살고 있다.

작은 고모에게 '사람을 아는 데는 5년이 걸린다'는 말을 들었을 때 나는 뜻을 몰랐다. 그때 그 말을 알아들었으면 좋았을 텐데, 결혼해서 살아 보니 '그 말이 맞다'는 것을 알게 되었다. 남편과 나는 직장에서 만나 연애결혼을 했다. 나는 남편의 외모와 조용하고 성실한 생활태도에 끌려 결혼을 결심했다. 하지만 남편이 왜 나와 결혼했는지, 왜 이혼해 주지 않았는지는 알지 못했다.

우리는 서로에 대해서도 몰랐고 자기 자신에 대해서도 몰랐다. 서로 양보할 줄 몰랐고, 질 줄 몰랐다. 남편은 막내였기 때문에 양보도 잘하고 순한 듯 보였지만 아내에게만은 양보하거나 질 줄 몰랐다. 나는 친절하고 착했지만 장녀로 내 뜻대로 살아왔기 때문에 타협할 줄 몰랐다.

주말이 되면 남편과 나는 혼자 계신 시어머니를 위해 한 달에 한 번 이상 시댁에 갔다. 남편은 농사일을 도왔고, 나는 TV 프로그램 '삼시 세끼'에 나오는 것 같은 시골집에서 설거지도 하고 음식 재료 준비를 도왔다. 농사일이 끝나고 음식 준비가 다 되면 셋이서 집밥을 맛있게 먹고 집에 돌아왔다. 친정에도 한 달에 한 번 꼴로 가서 같이 식사를 했다.

직장에서 가까운 아파트에 살고 있었기 때문에 피곤한 줄 모르고 양가 부모님 댁을 오가며 지냈다. 처음 얼마 동안 나는 시어머니의 음식 솜씨에도 불구하고 매운 음식에 적응이 잘 되지 않았고, 남편은 싱겁고 담백하기만 한 내가 만든 음식과 장모님의 호출에 적응하기 힘들었다.

나는 집안일에 문외한이었기 때문에 결혼하기 전에 조리사 자격증을 따려고 했지만 남편은 말렸다. 내가 결혼 전에 4년간 자취를 했기 때문에 스스로 그냥 저냥 먹을 만하게 요리를 잘하는 줄 알았고, 남편도 그럴 줄 알았다. 그러나 웬걸, 결혼을 하고 보니 남편은 시골동네에서 제일 요리 잘하는 시어머니 음식에 길들여져 있어서 내가 한 심심한 음식에 도무지 손을 대지 않았다. 처가에 가서도 음식을 잘 먹는 듯 했지만 별반 다르지 않았다. 남편은 나에게 한 번도 요리를 못한다고 말하지 않았지만 나는 곧 스스로 요리를 못한다고 생각하게 되었다.

나는 산골에서 할머니 손에 자라면서 음식 특유의 순한 맛, 담백한 맛에 길들여져 있었다. 특히 고기는 잘 먹지 않았고 뿌리채소나 야채 위주로 먹었다. 남편은 어촌에서 자라서 잎채소인 갖은 나물로 만든 비빔밥, 장어국, 물고기나 해산물 위주의 음식을 좋아했다. 지금은 그동안 살아온 세월을 돌아보며 나는 이 음식을, 그는 그 음식을 좋아했다고 말할 수 있지만, 그때 나는 내 세계에만 갇혀 있었고 남편은 그의 세계에 갇혀 있었다.

직장생활을 하는 밖에서는 우리 두 사람 모두 더 없이 좋은 사람이었지만 집에서는 그러지 못했다. 서로에 대해 솔직하게 털어 놓고 소통하지 못했다. 나는 여러 가지가 불편했지만 말하지 않은 채 참았고, 남편도 겉으로 속내를 드러내는 법이 없었다.

사람을 아는 데 5년이 걸린다. 그래서 사랑의 유효기간은 5년이라고 생각한다. 남자와 여자가 만나서 서로에 대해 다 알게 되면 그 속에서 다시 새로운 사랑을 싹 틔우거나 사랑이 식거나 둘 중 하나다. 남편과 나는 후자였지만 나는 아이들을 위해서 그 시간 속에 머물렀다. 남편은 이혼해 달라는 내 말에 자존심이 상했지만 사랑을 안고 떠났다. 살아서 이혼해 주었더라면 더 감사했을 텐데 그는 끝내 이혼해 주지 않았고 지금은 그 시간을 돌이킬 수 없다.

남편이 세상을 떠난 후 3년이 지났을 때 내 상황을 어렴풋이 감지할 수 있어서 겨우 앞을 가늠할 수 있게 되었고 5년이 지났을 때 그 허무했던 우울의 터널을 벗어났다. 어렸을 때 홍수가 나면 동네 개천에 물이 가득 차 흙탕물이 흘렀다. 홍수 때 흘러가는 물을 보는 걸 좋아했다. 홍수가 지나가고 며칠이 지나면 흙탕물이 옅어져서 물이 옥색을 띠며 콸콸 흘러갔다. 매일 다른 새로운 물이 계속 흘러온다는 게 신기했다.

시간이 흘러가면 모든 것은 변해가고 아무리 허무하고 허무했더라도 잊힌다. 우리는 어제 지나간 강물에 다시 손을 담글 수 없다. 나는 내 우울함을 시간이 해결해 줄 거라고 믿었다. 물론 많은 부분은 시간이 해결해 주었다. 그러나 시간만이 답은 아니었다. 내 답은 내 굳은 결심 속에 있었다. '왜 하필이면 나인가?'에 대한 답은 내 속에 있었다. 흘러가는 시간 속에서 지금 이 순간을 잡아야만 했다. 그때부터 나는 어둠 속에서 한 걸음을 뗄 수 있었다.

제발
내버려 두세요

남편이 세상을 떠난 후 직장에서 사람들과 잘 어울리지 않았다. 집에서도 별반 다르지 않았다. 시댁 행사에만 잠깐 다녀올 뿐이었다.

주말에 출근하지 않으려고 금요일 밤 늦게까지 야근을 하는 경우가 많았다. 토요일 아침이 되면 친정엄마가 어시장에서 장을 봐서 양손 가득히 반찬을 들고 초인종을 눌렀다. 나는 어젯밤에 야근했다는 말을 하지 못하고 친정엄마를 맞았다.

친정엄마가 오셨는데 얼굴을 찡그릴 수는 없었다. 친정엄마는 새벽에 일어났는데 할 일이 없어서 어시장 가서 장을 봐 왔다며 너스레를 떠셨다. 어쩌고 있는지 걱정이 되어서 오신 줄은 알지만 그 상황이 너무 싫었다.

친정엄마가 오시는 날은 일주일 동안 밀린 집안일이며 엉망진창 살림살이가 적나라하게 드러났다. 친정엄마는 나와 우리 아이들 요기를 시켜 주시고 나면, 집안 청소를 하시면서 온갖 잔소리를 시작하셨다. 나는 이렇게 말하고 싶었다.

"제발 좀 내버려 두세요."

한 번은 친정엄마께서 곧 내 생일이라고 장어고기를 사 주겠다며 동생들을 데리고 우리 집에 오겠다고 하셨다. 나는 그때 피부에 붉은 반점이 생기고 온몸에 톡톡 쏘는 듯한 증상이 생겨서 한의원에 다니고 있었다. 한의원에서는 장어고기, 밀가루 음식, 닭고기, 소고기 등 여러 가지 금지 음식을 지정해 줬고 그대로 음식조절을 해서 겨우 차도를 보이고 있는 참이었다. 직장에서도 일이 너무 많아 경황이 없었고, 집안 청소도 제대로 하지 않아 엉망진창이었다.

나는 엄마 말씀을 듣고 깜짝 놀랐다. 남동생과 엄마께 전화를 해서 사정이 이러저러 하니 그냥 지나가자고 설득을 했다. 동생은 내 말을 듣고 선뜻 이해했고, 엄마는 마지못해 그러기로 했다.

그런데 웬걸, 내 생일날이 되자 엄마는 나에게 장어고기 먹으러 오라고 전화를 했다. 나는 지난번에 이야기하지 않았냐고 했지만 막무가내였다. 그래서 일을 하고 있어서 갈 수 없다고 말하고 전화를 끊었지만 한 시간 정도 지난 후에 작은 아이에게서 전화가 왔다. 할머니랑 동생네 식구들이 모두 왔다고 했다. 그날 화가 머리끝까지 나서 하고 싶은 말을 했다.

"전화로 그렇게 이야기를 했는데, 어떻게 그렇게 하고 싶은 대로 해요? 오늘 집에 안 들어갈 테니 알아서 하세요."

그날 친정엄마와 동생네 식구들이 집에 와 있음에도 불구하고 자정이 될 때까지 집에 들어가지 않고 사무실에서 일을 했다.

친정엄마는 겉으로는 남녀차별을 하지 않는 듯이 행동하셨지만, 원초적으로 남아선호가 강하셨다. 학생이었을 때나, 시집간 후에도 마찬가지였다. 내가 혹시 무슨 공부라도 하려는 눈치가 보이면 바로 말씀하셨다.

"여자가 살림이나 제대로 살면 되지, 공부는 무슨 공부를 한다고. 치워라, 치워."

남편이 세상을 떠난 후에도 마음에 못을 박는 말씀을 하셨다.

"내가 그렇게 잘하라고 했는데…"

그래서 나는 묻고 싶었다.

"그래서 나더러 어쩌라고?"

"내가 어쨌다고?"

"왜 나한테 그러는건데?"

친정엄마가 여자가 어떻고, 살림이 어떻고 그런 이야기를 시작하면 나는 귀를 막고 듣지 않았다. 어려서부터 그랬다. 나는 자라면서 한 번도 고분고분한 적이 없는 딸이었고, 지금도 그렇다. 장녀였지만 엄마가 항상 편들어 주는 쌍둥이 남동생들 속에서 스스로 살아남아야만 했다.

바보에게 바보라고 하면 욕이다. 혼자된 사람에게 혼자되었다고 말한다면 상처다. 친정엄마는 남편이 아팠을 때부터 시장에서 가게를 하면서 힘들게 번 돈을 모아두었다가 100만 원씩 또는 200만 원씩 주시는 경우가 있었다. 힘들게 벌어서 주시는 돈을 안 받을 수 없어서 받았지만 돈을 받으면서도 기분이 상했다.

경제상황이 좋지는 않았지만, 빚을 지거나 쪼들리는 상황이 아니었다. 남편이 세상을 떠난 후에는 그저 세상이 허무하고 살고 싶은 의욕이 없었을 뿐이었다. 친정엄마는 아버지께서 일찍 돌아가셨기 때문에 내 처지를 알았다. 어쩌면 엄마는 아버지께서 돌아가시고 나서 경제적으로 힘드셨기 때문에 우리 가족에게 생각날 때마다 돈을 주셨는지도 모른다.

사람마다 힘들고 어렵게 느끼는 게 다르다. 내 경우에는 제발 내 두려 두기만 해 준다면 감사하겠다는 생각뿐이었다. 다른 사람은 경제적으로 힘이 들었을 수도 있다. 세상 사람마다 생김이 모두 다르듯이 원하는 것도 모두 다르다. 누군가에게 도움을 주고 싶다면 그 사람이 원하는 도움을 줘야 한다.

내 경우에는 주위사람들의 연민을 불러일으키거나 주목받고 싶지 않았다. 연민은 일종의 동정이다. 친정엄마는 가끔 그런 태도를 보이셨다. 누가 나에게 호의를 베풀 때 따뜻하게 느끼고 감사해야 마땅하지만 마음이 상할 때가 있다. 때로는 모르는 척 내버려 둘 때 도움을 받았다고 느낄 수도 있다.

약속시간에
늦는다

경주에서 개최된 워크숍에 다녀온 후부터 직장이나 공식일정을 제외한 개인적인 일정에서 약속 시간에 늦게 도착하는 습관이 생겼다. 나의 안 좋은 습관 때문에 큰아이까지 덩달아 과외 공부방에 가는 시간이 늦어졌다. 혼자 버스를 태워 보내려고 했지만, 혼자 가지 않아서 매번 데려다 주었고, 항상 조금씩 늦게 도착했다.

'까짓것 사람도 있고 없고 하는데 어느 곳이든 빨리 가면 뭐하겠는가?'하는 생각이 은연중에 약속 시간을 지키지 않는 습관을 만들었다. 심리학에서 개에게 먹이를 주며 습관을 들이는 과정을 '강화'라고 한다. 나는 나도 모르게 내 스스로에게 약속을 지키지 않는 강화를 진행시키고 있었다.

어느 날 아이를 과외 공부방에 데려다주고 어딘가로 가고 있었다. 운전을 하며 문득 '내 상태가 심각하다. 어쩌면 아이를 매일 이렇게 늦게 학원에 데려다 줄 수 있을까?' 하는 생각이 들었다. 걱정이 되었다. 정신과 상담이라도 받아 봐야 하나 스스로 심각하게 고민했지만, 차마 병원에 찾아갈 수 없었다. 그 후로도 큰아이는 스스로 학원에 가기보다는 나에게 의존했고 나는 자주 약속시간에 늦었다.

한 번은 매번 약속시간을 지키지 않고 늦게 오는 아이를 보다 못한 과외 공부방 선생님이 나에게 전화를 했다. 과외 공부방 선생님은 늦게 오거나 공부습관이 잡히지 않은 큰아이보다 나를 더 주목했던 것 같다. 내가 분명히 어떤 문제점을 안고 있다고 생각했다. 그래서 MBTI 심리검사를 온 가족이 받으라는 요청을 했고, 가톨릭기관 상담 수녀님에게 우리를 소개했다.

약속을 지키지 않는 습관은 작은아이와 치아 교정 병원에 다니면서도 비슷하게 나타났는데, 예약보다 매번 30분이나 1시간 정도 늦게 도착했다. 치아 교정 병원은 다행히 손님이 항상 많이 대기하고 있어서 늦게 가도 크게 지장이 없었고, 도착 시간을 미리 전화로 이야기만 하면 되었기 때문에 큰 애로는 없었지만 매번 그런 현상이 반복되고 있어서 스스로 기분이 언짢았다.

어디에 잘 가지도 않았지만 약속을 하고도 잊어버려서 못 가거나 늦어지는 경우, 쉽게 포기해 버리기도 했다. 대개의 경우 늦어도 기를 쓰고 가서 사과를 하지만, 늦었다고 사과하는 일이 반복되면 기분이 심란해졌다. 지금도 가끔은 컨디션이 좋지 않거나 기분이 우울해지면 약속시간에 늦는 습관이 살아난다.

남편의 부고로 직장 내 모든 사람들이 남편이 암으로 투병하다가 세상을 떠났음을 알게 되었다. 40대 초반 비교적 젊은 나이에 남편을 여의었기 때문에 직장의 많은 분들이 찾아와 위로해 주셨다. 장례식장을 지켜 주시기도 했고, 부의금도 보내 주셨다. 직장 내 모든 사람이 내가 혼자되었음을 알았기 때문에 남편이 세상을 떠난 이

후 누구에게든 남편에 대한 이야기를 할 필요가 없었다. 그러나 세월이 지나고 근무부서가 바뀌면서 같이 근무하는 직원 중에는 내 남편이 살아있다고 생각하거나 내 사정을 전혀 모르는 사람들이 있었다.

남편이 살아있다고 생각하는 사람들과 이야기할 때 나는 "남편은 멀리 있다"고만 답했다. 사람들은 남편이 멀리 있다는 말을 들으면 주말부부이거나 남편이 외국에 있다고 생각하는 듯했다. 나는 굳이 남편이 세상을 떠났다고 말하지 않았고 남편의 부재를 알릴 필요를 느끼지 않았다. 내 상처가 아직 아물지 않았기 때문이었다.

남편이 세상을 떠난 후 일을 낙으로 삼고 살다 보니 직장에서 일 중독이나 일 편집적인 면을 보였다. 서류가 일관되지 않거나 이해가 되지 않을 때, 앞뒤 수치가 차이 날 때면 서류가 완벽해질 때까지 직접 수정하거나 수정해 줄 것을 요구했다. 업무를 제대로 하자는 뜻이었지만, 당하는 입장에서는 큰 고역이었을 것이다. 평소 개인적인 친분이 없는 분들이나 잘 알고 있던 분들과의 인간관계에서도 마이너스가 됐다.

직장동료들과 같이 근무하다 보면 자연스럽게 서로의 개인사에 대해서도 알게 된다. 서로에 대해 이해하게 되면 사소한 오해도 쉽게 풀린다. 나는 개인사를 다른 사람에게 개방하지 못했다. 친한 사람들은 삼삼오오 모여 점심이나 저녁식사를 같이 하기도 하고 취미생활도 하면서 어울려 다녔지만 가급적 그런 자리를 피했다.

사람들과도 자주 어울려야 했지만 개인적인 친분을 맺거나 사람들을 사귀려고 노력하지 않았다. 각종 모임에는 겨우 회원 자격을 유지할 정도로만 참석했다. 술을 마시지 못했고 좋아하지도 않았다. 좌중을 사로잡는 말솜씨도 없었고 기분 좋은 이야깃거리도 없었다. 술자리에 있어도 웃으며 이야기하기 어려웠다. 결혼식장이나 장례식장에서도 마찬가지였다. 사람들과 어울리는 것이 힘들었고, 웃고 떠들 마음이 없었다. 사람 속에 앉아 있기 힘들었다. 그러니 자연히 결혼식장이나 장례식장에 가지 않게 되었다.

흔히 우리나라를 조용한 아침의 나라라고 한다. 내가 은둔형 외톨이였듯이 우리나라도 근본은 은둔형 외톨이의 모습이다. 『창업국가』에서 저자는 이스라엘을 섬 가운데 있다고 말했고 우리나라도 같은 상황이라고 표현했다. 처음에 그 글을 읽었을 때 말도 안 된다고 생각했지만 곰곰이 생각해보니 맞는 말이었다. 이스라엘은 물리적으로 육지 한가운데 있지만, 사방이 적으로 둘러싸여 있어서 비행기를 타야 외부로 나갈 수 있다. 우리나라도 마찬가지다. 바다와 육지가 이어지는 반도에 위치해 있지만 북한과 대치하고 있기 때문에 대륙으로 나갈 수 없고 배나 비행기를 타야 밖으로 나갈 수 있다.

우울증이란 우리나라나 이스라엘의 상황처럼 어떤 섬에 갇히는 것과 비슷하다. 비행기와 배가 이스라엘이나 우리나라를 외부와 연결시켜 주듯이 약속은 우리를 외부사람들과 연결시켜주는 배이고 비행기다. 약속을 지킬 때 신뢰가 쌓이고 발전이 가능하다. 혹시 자신이 약속을 지키지 못하거나 약속시간에 늦게 도착하고 있다면 마음의 추가 흔들리고 있는지 확인해 봐야 한다. 그리고 어떻게 하면 마음의 추가 다시 안정을 찾을 수 있을지 답을 찾아야 한다.

집을
지킨다

주중에는 주말이 오지 않을 듯이 일했다. 밤이고 낮이고 상관없었다. 하나를 잡으면 '이 정도면 됐다'는 생각이 들 때까지 일했다.

어떤 경우에는 절대적인 일의 양이 많아서 늦게까지 일해야 하는 경우도 있었지만, 일을 못하겠다고 말하는 자체가 자존심이 상하는 일이어서 '일이 많으니 업무를 나눠서 하자'고 말할 수 없었다. 그러니 일이 많은 평일에는 밤늦게나 새벽까지 일하는 날이 많았다.

그렇지만 주말에는 하고 싶은 대로 했다. 세상만사가 싫고 허무해서 돌아다니지 않았고, 집에 웅크리고 있었다. 어떤 날은 집안이 엉망진창이었다. 일주일 동안 일찍 나가고 늦게 들어오다 보니 집안 청소며 설거지가 제대로 될 리 없었다. 주말에는 조금이라도 정리를 하지만 월, 화, 수, 목이 지나고 금요일이 되면 집안이 거의 폭탄 맞은 수준이 되었다.

일주일 내내 야근을 하다 보면 주말에는 어떤 일도 돌아보고 싶지 않았고 어떤 누구와도 이야기하고 싶지 않았다. 잠을 잤다. 자고 자고 자고 또 잤다. 금요일 한밤중이나 토요일 새벽에 퇴근할 때면 편의점에 들러 울릉도 오징어와 콜라, 과자를 수북이 사서 집으로 돌아가 그 자리에 앉아서 다 먹고 잠을 잤다. 그러면 다음 날 제대로 일어날 수 없었다.

금요일 밤이나 토요일 새벽에는 겨우 일을 끝냈다는 안도감과 더불어 일을 빨리 끝내지 못해 새벽까지 일했다는 자괴감이 동시에 들었다.

주말이 되면 거의 폐인이 되다시피 했다. 공포영화에 나오는 맑은 물속에 갇혀 세상을 끝없이 배회하는 유령이 된 듯한 느낌이었다. 스트레스를 견딜 수 없는 날은 오래 전에 최고의 인기를 누렸던 드라마를 봤다.

어떤 드라마가 빅히트를 치는지는 주변 사람들 이야기를 들으면 금방 알 수 있었다. 야근을 하기 위해 저녁밥을 시켜 먹을 때면 직원들은 "어제 저녁에 TV를 봤는데" 하며 말을 시작했다. 그런 이야기를 들으면, '요즘 그런 드라마가 인기 있구나' 하고 넘어갔다. 주위 사람들이 TV 드라마 이야기를 해도 무슨 말을 하는지 알지 못하고 지냈지만, 스트레스를 받을 때 지나간 TV 드라마를 몰아서 보면 일시적으로 잊어버릴 수 있었다.

남편이 살아 있었을 때 가끔 아이들과 함께 온 가족이 같이 TV를 시청했다. 주로 '내 이름은 김삼순', '대장금', '시티홀' 같이 외로워도 슬퍼도 울지 않는 캔디 같은 여주인공이 나오는 드라마나, 보고 있으면 아무런 생각 없이 웃을 수 있는 '무한도전'을 봤다.

남편이 세상을 떠난 후 큰 집에 덩그렇게 혼자 앉아 있자니 세상만사가 허무했고 앞으로의 살 날이 막막하고 무서웠다. 혼자 지고 가야 할 삶의 무게가 나를 압도했다. 그 상황을 이길 수 있을 만한 정신력이 없었다. 하루하루 버티기가 힘이 들었다. 그래서 시간을 보내기 위해 TV를 틀었다. 처음에는 내가 TV를 봤지만, 나중에는 TV가 나를 보는 지경이 되었다.

"처음에는 사람이 술을 마시고, 나중에는 술이 사람을 마신다."

술 마시는 사람들이 자주 하는 말이다. 처음에는 스트레스를 이기기 위해 술을 마시다 보면 차츰 알코올 중독자가 된다. 겪어 보니 알코올이나 TV, 게임, 커피, 담배, 일도 중독되는 원리는 같다.

처음에는 혼자 견뎌야 하는 고통이 너무 커서 잊으려고 시작했지만, 갈수록 허탈감이 커졌다. 그래서 더욱 TV를 보고 또 봤다. TV를 보면 스트레스가 풀린다고 생각했지만 허탈감이 반복 재생산될 뿐이었다. TV를 틀어놓고 하염없이 보고 있으면 아이들이 걱정스러운 듯 물었다.

"엄마, 무슨 일이 있어요?"

그러면 나는 대답했다.

"괜찮아. 그렇지만 엄마 건드리지 마. 기분이 안 좋아."

이제 생각해 보니 내가 어리석었다. 스트레스를 많이 받아 힘이 들면 울든지, 소리를 지르든지, 뛰어다니든지, 노래를 하든지, 운동을 하든지 해야 했다. 어쨌든 행동이나 언어로 고통을 토해 내고 발산해야 스트레스가 사라진다. 나는 스트레스 푸는 법을 몰랐다. 세상과 환경이 주는 고통과 스트레스를 온몸으로 견디며 TV나 일, 잠을 통해 회피했다.

친정엄마는 아버지께서 돌아가시자 한밤중에 일어나 대성통곡을 하시곤 했다. 나는 그런 상황을 싫어했기 때문에 아이들 앞에서 울고 싶지 않았고, 울지 않았다. 다만 견딜 수 없는 스트레스를 잊기 위해 TV를 봤다. 그 편이 아이들에게 나을 것이라고 생각했지만 친정엄마가 더 현명했다.

직장일이 많아서 야근을 해도 일이 이어졌다. 평일에 사무실에서 일하는 동안에는 내가 일이 되고 일이 내가 되는 것 같았다. 일이 있기 때문에 사람이 필요한 것뿐인데, 내가 아니면 안 될 것처럼 일했다. 평일에는 일에 압도당했다. 계속 쳇바퀴를 도는 다람쥐처럼 일만 하는 생활이 사람을 지치게 했다.

직장에서 일주일치 일을 마치고 귀가하면 일주일 동안의 피로가 몰려와 정신없이 잠을 자고 또 잤고 잠이 오지 않는 날은 TV를 봤다. TV 드라마는 거의 모두 전개가 같았다. 처음에는 선남선녀가 사고로 만나 티격태격 싸우지만 정이 들게 되고 서로의 사랑을 확인하며 해피엔딩으로 끝을 맺는다. 차츰 해피엔딩이든 아니든 TV 드라마 보기도 재미가 없어졌다. 잘난 사람들 잘난 이야기를 보다 보니 오히려 내 상황과 비교되었기 때문이었다.

이제는 철거되어 사라졌지만, 오래된 임대아파트 정원에는 긴 세월 자리를 지켜온 20~30년쯤 되는 키 큰 목련나무들이 많았다. 봄이 되면 목련들이 앞다투어 피었다. 제대로 관리되지 않았지만 심지 굳고 튼튼한 정원수들이었다. 봄이 되면 이미 재건축이 예정되어 있는 아파트 정원을 환하게 밝혔다.

그리고 아파트 뒷 베란다에 설치된 싱크대에서 설거지를 할 때면 분홍색 진달래와 연한 핑크색 벚꽃, 새로 돋아나는 신록, 개나리가 예쁜 띠를 이룬 모습을 볼 수 있었다. 소방도로 건너 나지막한 산

등성이에 어우러진 파스텔 색동이 카메라로 사진을 확대한 듯 내 마음에 크게 다가왔다.

남편이 세상을 떠나고 임대아파트로 옮겨 약 5년을 살았다. 그 집에 이사한지 4년이 되자 아파트 정원에 피는 꽃들과 창 너머 뒷산에 피는 꽃들이 눈에 들어왔다. 봄에 다시 피어나는 꽃들을 보며 '어쩌면, 나도 다시 힘을 내어 살아 봐도 되지 않을까?' 하는 희망이 생겼다. 겨울이 가면 봄이 온다. 지금은 봄이 오면 밝고 행복하게 맞으려고 노력한다.

겨울을 지내 본 사람이 봄을 봄답게 맞을 수 있다. 나는 원래 잘 웃는 사람이었지만 항상 웃고 살지 못했다. 요즘은 환하게 웃고 다니며 밝게 인사를 한다. 그렇게 하면 다른 사람들도 덩달아 기분이 좋아지고 밝아진다. 나는 그 느낌이 좋다. 어제 아침에 청소하시는 분께 밝게 웃으면서 "반갑습니다" 하고 인사를 했더니 그분께서 말씀하셨다.

"웃으면서 인사해 주시니 너무 좋아요."

그 말을 듣고 생각했다. 내가 사람들에게 봄에 피는 꽃이 되었으면 좋겠다고. 그 꽃을 보며 사람들이 웃을 수 있기를….

제4장

나는
이렇게 극복했다

남편이 떠난 지 3년이 되자, 내가 의도치 않은 변화가 찾아왔다. 출근길에 교통사고가 나서 자동차를 폐차했다. 자동차 보험금을 받았지만 차를 사기에는 부족했고, 할부로 차를 사고 싶지 않았다.

직장이 멀지 않아서 아침에는 콜택시를 타고 출근했고 저녁에는 걸어서 퇴근했다. 초등학교 6학년이었던 작은아이를 학교에 데려다주고 출근해야 해서 다른 방법이 없었다. 이가 없으면 잇몸으로 산다고 차가 없으면 어떻게 살지 엄두가 나지 않았지만, 차 없이 살아보기로 마음을 바꿔 먹자 곧 적응해서 자연스러워졌다.

외부 환경 변화가 내 삶을 움직이기 시작했다. 자동차가 없으니 택시를 많이 이용했고, 많이 걷게 되었다. 택시를 타고 출근했지만, 택시를 탈 수 없는 날도 있었다. 비 오는 날이나 오전 8시를 넘으면 택시가 잡히지 않았다. 택시가 잡히지 않는 날은 걸어서 출근했다. 매일 걸어서 퇴근했기 때문에 걷는 양이 많이 늘어났다. 많이 걷게 되자 걷는 시간 동안 주변 환경을 둘러보게 되었고 꽃이 피고 지고 잎이 났다가 떨어지는 계절의 변화를 느끼기 시작했다.

작은아이가 초등학교에 다니는 동안에는 택시를 타고 출근하다가 아이를 내려주곤 했다. 작은아이는 중학교에 진학하자 같은 학교 친구와 집에서 학교까지 걸어 다니게 되었다. 작은아이가 중학교에 진학한 후부터는 조금 더 일찍 일어나 출근할 때도 걸어가는 날이 많았다. 많이 걸어 다니게 되면서 차츰 마음속에 작은 평화가 찾아왔다. 마음이 고요해졌고, 작은 일에도 감사한 마음이 들었다.

비오는 날에 차를 잡지 못하거나 출근해야 하는데 시간이 늦어 발을 동동거린 적도 있었지만 차 없이 지낸 1년은 내 인생을 통틀어 가장 행복한 시간이었다. 세상사 허무하고 희망이 없기는 했지만, 걸어 다니면서 사색했고, 호수에 비치는 야경을 바라보며 빗속을 걸었다. 걸어 다니며 벚꽃을 바라봤고, 한겨울에 피었다 지고 다시 피는 연약하지만 강한 개나리를 보며 힘을 얻었다.

세상을 바꾸는 시간
15분

출근시간이었다. 아침에 어정거리다가 나오는 시간이 늦었다. 시계가 8시를 지나 있었다. 평소 같으면 사무실에 도착해야 하는 시간이었다. 최대한 서둘러 챙겨 나왔다. 작은아이를 뒷자리에 태우고 운전을 했다.

매일 아침 출퇴근하던 길로 갔다. 우리 아파트 출입로는 큰 도로에 연결된 가파른 소방도로에 맞닿아 있었다. 그날따라 위쪽에서 아래로 내려오는 하행차선에 차들이 가득 주차되어 있었다. 그래서 시야를 가렸다. 소방도로 양쪽을 최대한 자세히 보고 차를 좌회전했다. 시야를 충분히 확보했다. 좌회전 했을 때 차가 내려 온 적은 없었다. 그런데 그날은 어찌된 일인지 차를 좌회전해서 상행선으로 진입하자마자 전력 질주하던 차량이 내 차의 왼쪽 앞부분을 사정없이 들이박았다.

사고 나는 순간, 등골이 서늘했다. '아, 이제 큰일 났구나. 이 엄청난 피해를 어쩌지?' 하는 생각을 했다. 아침에 출근이 늦어 서두르느라 안전벨트를 제대로 못해서 충돌하는 순간 온몸이 휘청했다. 그리고 정적이 찾아왔다. 상대방 차에서도 내 차에서도 움직임이 없었다.

　우선 작은아이의 안전을 확인했다. 다행히 다치지 않았고 나도 괜찮았다. 자동차보험에 연락을 했다. 큰 사고를 당해 본 적이 없고 겁이 나서 차에서 내릴 수 없었다. 온몸이 부들부들 떨렸다. 남편 생각이 났다. '남편이 살아있었다면 와서 바로 해결해 줄 텐데' 부질없는 생각이었다. 사무실과 학교에 전화를 했다. 교통사고가 나서 갈 수 없다고 말하고 전화를 끊었다.

　곧 자동차보험에서 출동했다. 보험사가 서로 달라야 하는데, 같은 보험사였다. 상대방 차량은 모닝으로 DMB 동영상을 보며 경사로를 달려 내려왔다고 했다. 그렇지만 그 사실을 증명할 수 없었고 소방도로여서 직진차량 우선이 적용되어 자동차 보험 피해율적용은 7:3 정도라고 했다. 마지막에 사고처리가 되고 확인해 보니 8:2라고 했다. 왠지 조금 억울했다.

　교통사고가 났던 날, 다행히 양측 모두 인명피해는 없었고, 같은 보험사여서 처리가 빨랐다. 우선 보험사 직원과 사고 난 차를 타고 30여분을 이동해서 자동차 정비소에 갔다. 차를 주차시켜 놓고 한참을 기다렸다. 교통사고가 났던 순간 갑자기 찾아왔던 정적과 같은 정적이 이어졌다.

　차량 정비 기사는 차량 프레임이 틀어졌다고 했다. 다시 물으니 다시 사고를 일으킬 수도 있다는 말이라고 했다. 보험에 가입된 차량가액은 170만 원이었고, 차량수리 비용은 400만 원이라고 했다. 내가 무리하게 차량 수리를 요구할 수 있는 상황이었지만 사고재발 위험에 대해 언급하는 말을 듣고 차 수리를 포기하고 폐차했다.

남편이 애지중지하던 차였다. 남편이 시간 있을 때마다 쓸고 닦고 튜닝까지 해서 차량 안과 밖이 번쩍번쩍했고 새 차나 다름없었다. 남편이 세상을 떠난 후에도 가능하면 그대로 유지하려고 애를 썼다. 남편은 큰아이에게 차를 물려주겠다고 입버릇처럼 말했기 때문에 그렇게 해야겠다고 생각했지만 사고 난 차량을 무리하게 수리해서 아이에게 물려주고 싶지는 않았다.

그 차는 스포츠카였다. 친정엄마는 내가 늘 다 떨어진 중고차만 몰고 다닌다고 안타까워하다가 어느 날 차를 사라며 500만 원을 주셨다. 친정엄마께서 남동생들이 차를 살 때도 보태주셨기 때문에 가벼운 마음으로 돈을 받았다. 나는 자동차 매장 여러 곳을 다니며 하얀 SM3를 구입했다. 처음 구입한 새 차를 한동안 기분 좋게 몰고 다녔다. 뒷좌석에 앉을 때 차 천장에 머리가 부딪치는 점을 제외하면 모든 부분이 쾌적했다.

집과 직장이 가까워 주로 걸어서 출퇴근 했다. 어느 날, 집에 돌아오니 남편이 SM3를 팔고 새 스포츠카를 한 대 구입해 놓았다. 국내 자동차 회사인 현대에서 만든 은색 '투스카니'였다. '투스카니'는 차형이 날렵하고 선형이 아름다운 차였다. 차 선형이 아름답고 예뻤지만 내 취향은 아니라서 황당했다. 남편은 이미 병이 나서 어쩔 수 없는 상황이었기 때문에 남편이 하고 싶어 하는 대로 할 수밖에 없었다.

차를 폐차하고 나자 당장 하루하루의 생활이 불편했다. 출근시간에 맞추려고 조금 더 일찍 일어나야 했고, 밤늦은 시간에도 걸어서 퇴근했다. 걸어 다니게 되면서 세상만사 허무하고 재미가 없다는 우울한 생각보다 밝고 환한 생각들이 더 많아졌다. 업무량이 많아서 야근을 계속 했지만 스트레스를 받는 강도가 약해졌다.

이전에는 금요일 저녁이나 주말이 되면 한 주 동안의 스트레스를 풀기 위해 잠을 자거나 드라마를 봤지만, 차츰 TV 프로그램 중에서도 교육이나 자기계발과 관련된 것들에 눈이 갔다. 유럽 여행지 소개 프로그램, 미술평론 프로그램, 교육 프로그램, 다큐멘터리를 보기 시작했다. 여행 프로그램이나 미술평론 프로그램을 보고 있는 동안은 '어쩌면 나도 몽생미셸 같은 프랑스 여행지를 갈 수 있지 않을까?', '프레스코화가 그려진 이탈리아 성당을 여행할 수 있지 않을까?' 하는 희망을 가지게 되었다.

TV에서 좋은 다큐멘터리를 찾아서 보던 중에 CBS에서 만든 '세상을 바꾸는 시간 15분'을 처음 보았다. 충격을 받았다. 각 분야에서 일가를 이루었거나 어떤 일을 성취하고 있는 사람들이 나와서 15분 동안 자신이 하는 일과 삶을 통해 자신과 다른 사람들을 변화시킨 이야기를 했다. 이전에는 본 적이 없고 들은 적도 없는 이야기였다.

마침 『한국의 메모 달인들』이라는 책을 읽고 메모를 시작한 직후여서 '세상을 바꾸는 시간 15분'을 보면서 매회 바뀌는 주제와 연사들의 이야기를 메모했다. 『한국의 메모 달인들』은 메모로 인생을 풍부하게 산 한국인 14명에 대한 글을 모은 책이어서 메모의 필요성을 충분히 공감했고, 조금만 더 일찍 읽었다면 좋았을 텐데 하고 아쉬워하던 참이었다.

'세상을 바꾸는 시간 15분'에 나오는 사람들은 젊고 밝고 건강하고 당당했다. 그들은 자기가 할 수 있는 작은 일을 통해 자기 자신과 주변 사람들의 변화를 불러일으켜 세상을 환하게 비추고 있었다. 소셜 네트워크, 교육, 재테크, 세금, 난민, 선택, 고전, 가족신문, 고용, 태도, 상상력, 희망, 공정여행, 꿈, 과학 등 이루 헤아릴 수 없는 다양한 분야에서 수많은 사람들이 나왔다. 그들은 자신과 자기 분야의 비전과 자신이 바라고 희망하는 미래를 발표했고 어떻게 이룰 것인가 또는 어떻게 이루었는가를 설명했다.

나는 단숨에 '세상을 바꾸는 시간 15분' 300여 편을 보았다. '세상을 바꾸는 시간 15분'은 지금도 진행 중이다. 여전히 좋은 콘텐츠로 많은 사람들에게 좋은 영향을 끼치고 있다. 프로그램에 출연한 수많은 사람들의 에너지가 조금씩 조금씩 나에게 감염되었다. 나는 이 프로그램을 통해 에너지를 얻었고, '나도 하고 싶은 일을 찾아서 하고 살자'는 희망이 생겼다. 세상만사 허무하고 좋은 것이 없었던 내가 무엇이라도 하고 싶은 일을 찾아서 마음 붙이고 해봐야겠다는 용기를 가지게 했다.

강연자 중에 난민에 대한 이야기를 하는 분이 있었다. 난민은 우리나라에는 해당되지 않는 이야기라고 생각하고 있었는데, 그 필요성에 대해 온 힘을 다해 말하는 모습을 보며 감동했다. 우리나라는 난민을 수용하지 않으려는 정책을 취하고 있어서 난민 수용률이 매우 낮다고 했다. 난민정책이나 난민을 바라보는 시각에는 역지사지(易地思之)의 마음이 필요하다. 강연자 자신이 프랑스에서 난민 생활을 해 본 경험을 토대로 한 말이어서 가슴에 와 닿았다.

나는 그 프로그램을 보며 하고 싶은 일을 찾고 싶다는 생각을 했고, 다양한 사람들이 나와서 하는 이야기 속에서 내가 어느 분야에 관심이 있는지 촉각을 세웠으며, 지금 여기서 당장 하고 싶은 것 한 가지를 찾아서 실행할 수 있게 되었다.

우울증은 하고 싶은 일을 하지 못하는 데서 온다. 자신의 분노를 밖으로 표출하지 못하고 내면으로 쏟아 부을 때 원치 않게 찾아오는 손님이다. 내 우울증은 내가 하고 싶은 일을 찾고 실행하게 되면서 조금씩 나아지기 시작했다.

생각의 지도 위에서
길을 찾다

　어느 날 EBS 교육 다큐멘터리에서 '마인드맵'을 처음 접했다. 자립형 고등학교 학생들이 마인드맵을 그리며 공부하는 모습이 나왔다. 스쳐 지나가는 내용이었지만 마인드맵을 보는 순간, 깊은 인상을 받았다. 마인드맵이 무엇인지, 어떻게 하는지 궁금했다. 기회가 있다면 배워 보고 싶었다.

　출연자들이 하나 같이 '세바시'라고 애정을 담아 부르는 CBS에서 제작한 '세상을 바꾸는 시간 15분' 127회 '스마트 시대, 행복의 진화' 편을 보고 충격을 받았다. 강연자는 SK커뮤니케이션즈 정진호 차장이었다. 그는 강단에 서자마자 사람들에게 질문을 던졌다.

　"제 목소리 잘 들리세요?"

　강연자가 묻자, 청중들은 곧 바로 큰 소리로 대답했다.

　"예."

　강연자의 질문과 청중들의 답변을 듣고 단번에 심상치 않음을 느꼈다.

　청중을 배려하고 존중하는 청중 중심 화법과 청중들을 처음 만난 순간 '예'라는 답변을 불러내는 긍정의 내공이 놀라웠다.

그리고 강연자는 청중들에게 두 가지 질문을 했다.

"여러분들 다 스마트폰 가지고 계시죠?"

"여러분은 행복하십니까?"

강연자는 스마트폰을 겨우 3개월 전에 구입했고, 스마트폰을 구입한 후로는 식당에서도 가족들과의 대화가 사라졌으며, 음식 사진을 찍어 스마트폰에 올리기 바쁘다고 했다. 스마트폰을 마련한 후 최근에 스마트하게 행복했던 기억을 더듬어 보게 되었고 그 경험 세 가지를 청중들과 함께 하고자 한다며 소개했다.

첫째, 강연자는 큰아이가 초등학교에 입학하자 TV를 없앴다. TV를 없애자 평일 밤에는 모래 그림 그리기 같은 창의적인 활동을 하게 되었고, 차츰 집 반경 20㎞ 범위 내에 있는 모든 박물관, 과학관, 미술관을 방문했고 가족들과 여행을 다니기 시작했으며 국내외 많은 여행지를 다니며 사진을 찍었다. 여행을 다니며 찍은 4만 장의 사진은 '플리커'라는 외국 유료사이트에 올려 정리했고, 어느 날 한국관광공사에서 한국을 알리는 데 사진들을 사용할 수 있도록 허락해 달라는 요청을 받았다. 사진 사용을 허락하자 아이들이 찍은 여행 사진이 한국을 알리는 관광홍보책자로 만들어졌다.

둘째, 강연자는 마인드맵 강사 자격 과정 교육을 들었다. 16시간의 교육 내용을 3시간으로 요약해서 직장에서, 아이들 친구와 부모님, 수녀님들에게 가르쳤다. 요약한 교육 자료를 인터넷에 올렸다가 SK커뮤니케이션즈에서 직원 대상 강의를 하게 됐고, 그걸 계기로 직장까지 SK커뮤니케이션즈로 옮기게 되었다.

셋째, 그는 직장을 옮겨 생활하는 동안, 그림을 그려 보고 싶다는 생각이 들어서 100일 동안 하루에 한 장씩 그림을 그렸다. 그림을 그리다가 자연스럽게 '행복화실'이라는 사내 동호회를 만들게 되었고 70~80명이 단체로 모여 그림을 그리게 되었다. 얼마 전에는 동호회에서 그림 전시회를 열었고 전시했던 그림 15장을 모두 팔아 불우이웃돕기에 썼다.

강연자는 세 가지 경험을 통해 행복의 비결을 제시했다. 행복은 '좋아하는 일을 찾아서 매일 하고 그 중 가치 있고 좋은 것을 이웃들에게 선물하는 것'이라고 했다. 그리고 온라인과 오프라인, 생각과 행동 등의 균형을 강조하며 플랭클린이 쓴 『덕의 기술』처럼 살 것을 권했다.

강연을 들으며 강연자의 이야기는 하나하나가 생소했지만, 그 사람이 하고 싶은 일을 매일 하며 느끼는 행복이 고스란히 전염되어 왔다. 세상만사 허무하고 재미없어 하며 일에만 빠져 지냈는데, 15분짜리 강의를 듣는 순간, '맞아, 나도 학생 때 그림을 배우고 싶었어', '나도 마인드맵을 배우고 싶다', '어쩌면 나도 행복해질 수도 있다', '어쩌면 세상을 바꿀 수 있다'는 생각까지 들었다.

'세바시' 강의를 몇 번이나 다시 틀어서 보고 또 봤다. 그런 후에 인터넷을 통해서 마인드맵 교육 과정을 찾기 시작했다. 인터넷을 계속 뒤졌지만, 자세한 정보가 부족했다. 여러 번 검색을 해서 정진호 차장이 들었다는 마인드맵 강사 과정에 관한 실마리를 겨우 찾았다. 서너 줄짜리 교육 후기였다. 그 하나를 찾은 것만 해도 너무 감사했다. 서울 유스호스텔에서 강의를 들었다는 간략한 내용이었지만 후기 내용 중에 강의 개설 기관이 소개되어 있어서 홈페이지 검색을 해서 겨우 교육 개설 기관을 찾았고 교육 일정을 확인했다. 강의를 주관하는 교육 과정은 마인드맵지도사 MBI 과정이었고, 교육개설기관은 '부잔 코리아'였다.

홈페이지에서 교육 일정이 1박 2일 과정인 것을 확인한 뒤 교육을 들을 수 있는 방법을 고민했다. 아이 둘을 맡기고 교육을 들으러 가는 일은 생각해 본 적이 없었다. 아이들을 두고 혼자 어디를 간다는 건 가능할 거라고 생각하지 않았다. 예전이라면 꿈도 못 꿀 일이었지만, 정말 하고 싶은 일이 생기자 '어떻게 교육을 갈 수 있을까?' 하고 방법을 생각했다. 같은 일을 계속 생각했다.

며칠을 고민하고 방법을 생각하다가 아이들을 설득해서 마인드맵지도사 MBI 교육 과정에 참석하기로 했다. 교육 시간에 맞게 국제청소년센터 유스호스텔 교육장에 도착하기 위해서 비행기 표를 끊었다. 1박 2일 교육과정이었기 때문에 비행기 표를 왕복으로 구입했다. 비용 부담이 커서 망설였지만 당일 교육 시간에 맞게 도착하려면 방법이 없었다.

새벽에 일어나 비행기를 타고 가고 싶을 만큼 배우고 싶은 마음이 컸다. 국제청소년센터 유스호스텔은 초행이었고, 서울에 자주가지 않아서 지하철에서 내려 찾아가면서 길을 몇 번이나 물었다. 한겨울이라 교육 장소로 올라가는 길은 빙판길이었고 찬바람이 코끝을 스쳤다.

강의를 듣는 동안 강의 내용에 몰입했다. 처음 듣는 마인드맵 강의는 새로운 세계였다. 첫 강의는 H선생님이었다. H선생님은 직접 그린 마인드맵으로 자기소개를 했다. H선생님은 단아하고 야무지신 분으로 말을 할 때마다 열정이 뿜어져 나왔다. 자신의 별명을 '하바크'라고 소개했고 야간에는 공익학원에서 아이들을 가르친다고 했다. 공익학원은 불우한 청소년을 위한 민간교육시설로 주변의 부탁으로 원장을 맡게 되었다는 이야기도 하셨다. 그런 삶을 사는 사람을 주위에서 본 적이 없었기 때문에 존경스러운 마음이 생겼다.

마인드맵의 세계는 재미있고 신기했다. 가운데에 중심이미지를 그리고 중심 이미지와 연결해서 여섯 개 내외의 주 가지를 그리고, 주 가지에는 다시 몇 개의 부 가지를, 부 가지에는 몇 개의 세부 가지를 그렸다. 하나의 가지에 있는 주 가지, 부 가지, 세부 가지는 같은 색으로 그리되, 각각의 주가지들은 서로 다른 색으로 그려져야 하고, 가지 위에는 핵심 키워드를 적을 수 있었다.

창의적인 사고를 위해 영국인 토니 부잔이 만든 생각 도구인 마인드맵은 나뭇가지를 하늘에서 봤을 때 모습과 비슷하다. 마인드맵은 그림을 활용해 방사사고를 활성화하고 우뇌 기능을 최대화할 수 있도록 돕는다. 사람은 그림으로 사물을 기억할 때는 거의 98% 수준으로 내용을 정확하게 기억한다. 마인드맵 소개 시간이 지나고 다음 시간에는 A4용지, 색색의 색연필, 크레파스, 매직을 사용해서 자신이 하고 싶은 일과 관련된 마인드맵을 그렸다. 전형적인 좌뇌형 인간으로 살아왔고 오랫동안 정해진 커리큘럼에 따른 교육을 받지 않다가 새로운 강의를 듣게 되자 낯설었다. 처음 배우는 내용이라 어려웠지만 새로운 내용을 배우고 있다는 사실이 사람을 들뜨고 즐겁게 했다.

교육시간 동안 그린 마인드맵은 수업시간이 끝나면 벽에 붙였다.

내가 그린 그림들이 같이 수강하는 분들의 그림과 나란히 벽에 붙어 있는 모습을 보니 초등학교 시절로 돌아간 듯 그림 한 장을 그릴 때마다 무엇인가 대단한 작품을 완성한 느낌이 들어 마음이 뿌듯해졌고 나도 할 수 있다는 생각이 들었다. 마인드맵은 가급적 많은 색과 이미지를 사용해서 그렸다.

이틀간 16시간 동안 교육을 받았다. 강의료가 싸지 않았고 교통비와 숙박비까지 부담해야 해서 비용 면에서 만만치 않았지만 그림 그리기가 재미있었고 마인드맵 배우기가 좋았다. 기초과정인 MBI 교육 과정을 마치자마자 고급 과정인 마인드맵지도사 MSI 교육 일정을 바로 확인했다. 다시 교육에 참석하고 싶었지만, 방법이 떠오르지 않았다. 며칠을 고민했다. 이번에는 친구에게 사정 이야기를 하고 내가 교육에 참가할 동안, 아이들을 보살펴 달라고 부탁했다. 친구가 거절할지도 모른다고 생각했지만 선선히 그렇게 해 주어 교육에 참석할 수 있었다.

'학생이었을 때 마인드맵을 배웠다면, 내 인생이 바뀌었을 텐데.'

마인드맵을 처음 보는 순간 들었던 생각이다. 물론 교육을 받는다고 인생이 바뀌지는 않았겠지만, 적어도 지금 보다 나은 인생을 살았으리라는 생각이 들었다. 물론 마인드맵 교육과정에서 마인드맵 그리기를 배워서 좋았다. 교육을 마치고 돌아와서부터 마음이 즐거워졌다. 매일 이어지는 야근에도 불구하고 스트레스를 덜 받게 되었다. 교육을 들은 후 매일 하루에 한 장씩 마인드맵을 그리려고 노력했지만 매일 한 장씩 그리지는 못했다. 직장에서도 마인드맵을 그려 업무에 활용하려 했지만, 충분히 활용하지는 못했다. 그러나 마인드맵은 내 생활의 일부가 되었고, 지금도 책을 읽고 생각을 정리할 때 마인드맵을 활용하고 있다.

내가 마인드맵 그리는 것을 사람들은 흥미롭게 바라본다. 때로는 나에게 어떻게 마인드맵을 배우는지 물어보기도 한다. 나는 마인드맵 그리는 법을 알려주거나 어디에서 교육을 받을 수 있는지 알려준다. 또 기회가 있을 때면 마인드맵이 무엇인지 어떻게 마인드맵을 배우게 되었는지 설명해 주기도 했다.

'세상을 바꾸는 시간 15분'에서 대니 홍은 본인의 경험을 토대로 꿈은 여러 개여도 좋다고 했다. 하고 싶은 일은 여러 개여도 좋고 여러 가지를 시도해도 된다고 했다.

나는 마인드맵을 통하여 나 자신 속에 있는 가능성을 봤고, 앞으로 이루어 갈 여러 가지 일들을 그리는 꿈의 도구로 활용하고 있다. 처음 마인드맵을 접했을 때 느꼈던 만큼 잘 활용하고 있지는 않지만, 앞으로 내가 그린 꿈 하나하나를 이루어 갈 좋은 도구이며 친구다. 마인드맵은 나를 나로 살게 하는 최고의 도구인 '하고 싶은 일'을 찾도록 돕는다.

초등학생 글씨,
POP를 배우다

교통사고가 나서 차를 폐차시키고 난 후, 택시를 타고 출퇴근하거나 직장까지 걸어 다녔다. 아침 저녁으로 많이 걷게 되자 몸도 생각도 가벼워졌다. 생각이 가벼워지자 낮에 사무실에서 어떤 일이 생겨도 스트레스를 덜 받게 되었다. 그렇게 되자 자연히 그동안 스트레스를 받으면 반복되던 '잠자기'와 '드라마 보기'가 줄었다. 대신 TV를 통해 스트레칭을 배워서 운동을 하기도 하고, 외국 여행 프로그램을 보고 국내 여행이라도 다니고 싶다는 생각을 했다. 조금씩 자기계발서도 읽게 되었고, 교육다큐멘터리나 '세상을 바꾸는 시간 15분'을 보며 세상사는 사람들의 이야기도 듣게 되었다. 생활 습관이 바뀌고 생각하는 시간이 많아지자, 지나간 일들이 하나둘 떠올랐고, 하고 싶은 일이 무엇인지 생각하며 걷고, 걸으며 시간을 보냈다.

내가 그동안 하고 싶었던 일이 무엇이었는지 생각하자, 무엇인가 해 보겠다는 마음도 따라왔다. 일하는 엄마로, 직장인으로, 여자로 살면서 정말로 해 보고 싶었던 일은 단순했다. 내가 해 보고 싶었던 일은 낮에 백화점 문화센터 다니며 한가롭게 커피 마시고 수다 떠는 생활이었다. 하고 싶은 일이 떠오르자 생각은 생각을 불러

왔다. '지금도 직장에 다니고 있지만 낮이 아니면 어떤가? 지금이라도 한 번 해 보면 어떨까?' 하는 생각이 들었다. 무엇이 배우고 싶은지 다시 자신에게 물었다. 지나간 일들이 떠오르면서 무엇이 배우고 싶은지 차츰 생각이 진화하기 시작했다.

대학교에 입학했을 때 서예동아리에 가입했다. 어려서 할아버지께서 책을 읽으시거나 글 쓰시는 걸 자주 봐서 은연중에 서예를 배워야 한다는 생각을 했다. 처음 서예 동아리에 가입하고 나서 시간 날 때마다 학생회관에 있는 서실에 갔다. 서실에 가면 큰 책상 위에는 카키색 군용담요가 넓게 깔려 있었고, 학생들이 앉아서 먹을 갈거나 글을 쓰고 있었다. 전서, 예서, 행서, 해서를 자유롭게 쓰는 선배들이 한두 분 계셨고, 한글을 작고 어여쁘게 쓰는 동기도 있었다. 글씨를 멋들어지게 쓰는 모습을 바라보면 존경스런 마음이 저절로 생기고 머리가 조아려질 지경이었다.

왕초보인 나는 서실에 가서 벼루에 물을 붓고 30분 동안 먹을 갈았다. 먹을 갈고 나면 30분 동안 왼쪽에서 오른쪽으로 또는 위에서 아래로 줄긋기를 했다. 줄긋기를 하고 있으면 지나가던 선배들이 보고 이렇게 하라거나 저렇게 하라고 방법을 가르쳐 줬다. TV나 영화에 나오는 먹을 가는 모습은 운치 있고 멋진 모습이었지만, 막상 직접 먹을 갈고 앉아 있으면 온갖 잡다한 생각이 뛰놀았다. 매일 30분간 글을 써도 시간이 모자란데 끝없이 먹만 갈고 있으니 답답하기만 했다.

서예동아리에서 서예 배우기를 하던 어느 날 1학년 대표를 뽑았다. 누구에게도 추천해달라고 한 적이 없는데 후보에 추천되었다.

후보에 추천되기 전에는 1학년 대표가 되겠다고 한 번도 생각해 본적이 없었는데, 막상 선후배들 앞에서 공약을 말하고 나니 욕심이 났다. 그렇지만 나의 희망에도 불구하고 같은 과 친구인 K에게 1학년 대표자리가 돌아갔다. K는 성격이 적극적이고 활달했다.

대표 선출이 끝나고 선배들 중 한 분이 1학년 대표로 선출된 K에게 말했다.

"1학년 대표 후보였던 친구들이 그만두는 경우가 많으니 잘 챙겨라."

지금은 그 말을 했던 선배님의 얼굴도 이름도 기억나지 않지만 그 말은 선명하게 기억이 난다.

그동안 먹 갈기가 심심하고 재미없어도 꾸준히 나가서 줄을 그었고, 여름방학 동안에는 서예 학원에 다니며 줄긋기를 배워서 겨우 한자 서예의 기본 글자인 길 영(永)을 쓸 수 있게 되었지만 1학년 2학기가 되자 서예동아리 활동이 왠지 시들해졌다. 매물도로 MT를 간다는 말이 들렸지만, 1박 2일이어서 갈까 말까 계속 고민하다가 참석하지 않기로 했다. 동아리 MT에 참석하지 않게 되자 왠지 동아리 방에 가는 일이 서먹하고 불편해졌다. 그리고 누가 뭐라고 하지도 않는데 제풀에 지쳐 서예동아리를 그만두었다.

또 대학교를 졸업하고 취업을 하지 못해 집에 있을 때였다. 집에서 가까운 여성능력개발센터에 뭐라도 도움이 될 만한 일이 있는지 기웃거리다가 동양화반 모집 안내문을 봤다. 안내문을 보고 있으려니 중학교 미술 시간에 있었던 일이 생각났다.

어느 날 미술 시간에 화선지에 빨간 열매를 그리고 그 위에 검은

점을 하나 살짝 찍었다. 그러자 마치 어떤 천상의 화가가 그림을 그리는 것처럼 물감 빛이 서서히 옆으로 아름답게 번져갔다. 그 모습이 너무 신기해서 집중해서 보고 있을 때 누군가의 목소리가 들렸다.

"어머, 그림을 잘 그리네."

수녀님이셨던 미술 선생님께서 지나가다가 그 모습을 보며 칭찬해 주셨다. 중학교 미술 시간이 떠오르자 마음이 들떠서 동양화반에 등록하고 집으로 돌아왔다. 집에 돌아온 후 하루하루 손꼽으며 동양화 수업 날을 기다렸다. 취직이야 되든 안 되든 그림이나 배워야겠다고 생각하던 참에 이전에 취업원서를 넣었던 회사에서 면접보러 오라고 연락이 왔다. 결국 연락 온 회사에 취업해서 직장에 다니게 되는 바람에 동양화를 배우려던 내 계획은 물거품이 되었다.

남편이 아팠을 때 우리 아파트 상가에 서예 학원이 하나 있었다. 한 번도 들어가 본 적이 없었지만, 오고 갈 때면 서예 학원 창문에 쓰인 서예 글씨가 선명하게 눈에 들어왔다. 항상 마음은 가까이 있었지만, 배우려는 생각을 하지 못했다. '언젠가 기회가 되면 배울 날이 있겠지' 하고 자신을 위로하는 정도였다. 배워 보고 싶은 마음이 들었지만, 다시 30분간 먹을 갈고 30분간 글을 쓰는 인내심을 발휘할 엄두가 나지 않았고 여건도 허락하지 않았다.

하고 싶었던 일을 한 번 떠올리기 시작하자 무엇이든 일단 한 번 시작해 보자는 생각이 뭉게구름처럼 몽실몽실 올라왔다. 어떤 일을 하고 싶은지 마음속에 윤곽만 그린 채 백화점 문화센터를 찾았다. 백화점 문화센터에서 안내 책자를 찾아 들고 듣고 싶은 과정이 있는지 살폈다. POP 과정이 눈에 띄었다. POP는 현대적 감각의 예쁜 글씨를 배우는 기초 과정으로 3개월 동안 매주 수요일 저녁 7시에 시작하는 강의였다. POP는 서예와 달랐지만 기초과정을 3개월만에 배울 수 있어서 마음에 들었고, 글을 쓴다는 면에서 서예와 같다는 생각도 들었다.

저녁 시간에도 늘 직장생활에 매여 있어서 일주일에 한 번이지만 시간을 뺄 수 있을지 자신이 없었다. 며칠 동안 고민했다. '어떻게 해야 하나?', '다녀야 하나 말아야 하나?' 현실적으로 야근을 하지 않고 일주일에 하루 시간을 내는 일은 쉽지 않았다. 7시에 시작하는 과정에 시간 맞춰 도착하려면 늦어도 6시 30분에는 사무실에서 나와야 했다.

며칠을 고민한 끝에 굳은 결심을 했다. '3개월 동안인데, 한 번 해보자.' 일주일에 하루, 저녁 시간을 할애해서 듣고 싶은 강의를 들었다. 매일 직장에만 있다가 저녁 시간에 POP글씨를 배우러 가자 첫날은 적응이 되지 않았다. 너무 낯설었다. 백화점 안내책자대로 연습장을 준비해 갔지만, 연습장은 별로 필요치 않았고 신문지에 매직으로 기역, 니은부터 한글 쓰는 법을 천천히 배웠다.

선생님은 가로 네 칸, 세로 세 칸인 한글 자음표를 주고 그대로 글씨를 따라 쓰도록 안내하셨다. 매직으로 기역, 니은, 디귿, 리을, 미음, 비읍, 시옷, 이응, 지읒, 치읓, 키읔, 티읕… 한글 자음 글씨 쓰는 법을 배우자, 서예동아리에서 신문지에 줄긋기 하던 생각이 났다. '힘들게 배우기 시작했는데, 그때처럼 또 그만두게 되면 어쩌지?' 불안이 엄습했다. 왠지 다음 시간에 다시 나올 자신이 없어졌다.

다행히 POP 강의는 서예를 배우는 것보다 진도가 빨랐다. 자신감이 떨어져서 마음이 바닥을 기고 있으면 바로 바로 다음 과정으로 진도가 나갔다. 한글 자음을 배우자, 한글 모음을 배웠고, 곧 두 글자 단어와 네 글자 단어를 배웠다. 네 글자 단어를 배우고 나자 숫자와 특수 기호를 배웠고 한글 문장과 영어 글자를 배웠다. 가는 매직으로 기본 글자형을 다 배우고 나자, 두꺼운 매직과 검정색 물감으로 같은 과정을 반복했다.

POP를 배우는 과정 후반으로 가자, 작지만 조그만 작품들도 하나씩 완성되었다. '잠시 주차'라고 적힌 주차 안내 표지판을 만들었고, '오늘 할 수 있는 일을 내일로 미루지 마라'라는 벤자민 플랭클린 표어를 완성했고, '수험생 할인 30%'와 같은 포스터도 만들게 되었다. 작은 작품을 하나씩 만들자 그동안 엄습했던 불안이 잦아지고 땅에 떨어졌던 자신감이 조금씩 회복되었다. POP 과정은 3개월 만에 끝이 났고 과정이 끝난 후에 자격증 시험을 쳐서 POP 초급 과정 자격증도 땄다. 이어서 중급 과정을 들으라는 제안을 받았지만 3개월 동안 하루도 빠짐없이 참석하느라 힘이 들었고, 서예를 배울 때처럼 다시 하다가 중단하게 될까 두려워서 서둘러 교육을 마쳤다.

POP 과정을 배우면서 글씨체를 바꾸었다. 내 글씨는 평상시 정자로 쓰면 그런대로 봐 줄만 했지만, 바쁠 때는 글씨가 하늘로 날아가서 나 자신도 알아보지 못했다. POP 과정에서 매직으로 기본 글자체를 배울 때 연습할 시간이나 방법이 없었다. POP는 꼭꼭 눌러서 온 힘을 기울이며 글씨를 써야 해서 글쓰기에 힘이 들었다. 낮밤으로 일을 해야 하니 달리 POP 글씨 연습에 할애할 시간이 없었다. 그래서 POP 글씨 연습을 겸해서 일할 때 쓰는 글씨를 POP 글씨로 바꾸었다. 처음에는 조금 걱정을 했지만 막상 POP 글씨로 바꿔도 아무런 문제가 발생하지 않았다.

POP로 글씨체를 바꾼 이후로 서명을 하기 위해서 글씨를 쓰거나 신청서를 적어서 제출하면 '글씨가 초등학생 글씨 같네요' 또는 '글 씨가 참 예쁘네요', '글씨가 특이하네요', 'POP 글씨네요' 등 다양한 반응을 볼 수 있었다. 가끔 글씨체를 바꾸고 나서 어떤 곳에서는 POP 글씨를 쓴다는 게 조금 민망할 때도 있다. 그렇지만 자신감과 자존감이 바닥에 떨어졌을 때, 처음으로 해 본 하고 싶은 일이었고, 내 변화의 출발점이었기 때문에 나는 오늘도 POP 글씨를 쓰며 새로 운 변화를 모색한다.

장소, 시간,
사람 바꾸기

    큰아이가 어렸을 때 경제적으로 힘이 들었다. 맞벌이를 했지만, 아파트 원리금 상환과 육아 비용으로 허리가 휠 지경이었다. 경제적으로 쪼들려 본 적이 없었던 나는 엄청난 스트레스를 받았을 뿐 아니라 세상 물정과 남자의 마음을 너무 몰랐다. 집안 살림을 했지만, 한 푼도 자유롭게 쓸 수 없었다. 그에 반해 남편은 아내가 맞벌이를 한다는 이유로 마음 편히 썼다.

    남편은 집안일을 돕지 않았고 육아도 나 몰라라 했으며, 매일 밤 늦게 귀가했다. 나는 그 상황을 견디며 싸우지 않았다. 불만을 말하기는 했지만 어떻게 바로잡아야 하는지 방법을 몰랐고, 지혜가 부족했다. 더 이상 견딜 수 없는 지경이 되자 남편에게 이혼을 요구했고 그는 결혼사진을 찢었다. 결혼사진은 한 장도 남김없이 찢겼고, 내 마음은 더 이상 회복할 수 없는 지경이었지만, 남편은 끝내 이혼해 주지 않았다. 남편이 결혼해 주지 않은 이유는 시어머님이었고 그 말은 나를 더 얼어붙게 했다.

    그 후로 우리는 같이 살았지만 평행선을 달렸다. 남편과 나는 세상 어디에나 있는 그냥 부부였다. 불같은 사랑이 없는 부부. 나는 그 이후 변했다. 더 이상 집안 살림에 신경을 쓰지 않았고, 남편에게 매달 공과금과 생활비 50만 원을 내도록 한 후 남편의 월급 통장을 돌려줬다. 남편이 퇴직금을 받아 증권투자를 하든 그 돈을 날려버리든 간섭하지 않았다.

맞벌이를 하다 보니 아이 둘을 남의 손에 맡기며 키웠다. 남편은 경제적 여유가 없는 농촌 가정의 막내 아들이었다. 남편은 직장생활을 했지만 저축이 없었고, 저축하는 습관도 없었다. 나는 장사꾼 집 장녀로 세상사를 책으로 배운 경험이 없는 철부지였다. 남편은 큰아이가 초등학교 2학년이 되던 해에 흉선암에 걸렸고, 큰아이가 중학교 2학년이 되던 해, 세상을 떠났다.

'나는 살았고 그는 갔으니 내가 잘못한 것일까?', '내가 한 어떤 일이 그를 살릴 수 없게 했을까?' '내가 안 한 어떤 일 때문에 그가 죽었을까?' 결혼해서 살면서 삶을 돌아보며 마음을 추스를 여유가 없었다. 남편을 보내고 돌아보니 세상사 허무하고 어떤 일이든 하고 싶은 의욕이 없었다.

남편이 병원에 입원해 있을 때, 그리고 남편이 세상을 떠났을 때 사람들은 삼삼오오 모여 이야기를 했다. 바로 옆에 앉아 있는 내 귀에 들리지 않으리라 생각하고 말하는 것인지, 평소 내가 하는 말과 행동이 마음에 들지 않았는지 알 수 없었다. 일을 하고 있어도 멀리서 누가 내 이야기를 하면 그 말이 귀에 와 박혔다. 이런 말들은 상처가 되고 마음에 파편처럼 박혔다. 때로는 주위에서 들리는 말 한마디가 내게 상처가 되었고, 세상과 담 쌓은 듯이 살았던 내 행동과 말이 주위 분들에게 상처를 주기도 했다. 살면서 내 마음의 모서리가 닳고 무뎌지기도 했고, 주위에서 나에게 파편처럼 던진 말이 그들 자신의 상처인 줄도 알게 되었다.

어떤 말은 나에게 상처가 되기도 하지만, 어떤 말은 나에게 좋은 영향을 미친다. 몇 년 전에 어떤 글을 읽었다. 오마에 겐이치의 『난문쾌답』에 나오는 글이다.

인간을 바꾸는 방법은 3가지뿐이다. 시간을 달리 쓰는 것, 사는 곳을 바꾸는 것, 새로운 사람을 사귀는 것. 이 3가지 방법이 아니면 인간은 바뀌지 않는다. 새로운 결심을 하는 것은 가장 무가치한 행위이다.

이 글을 읽는 순간 '천시불여지리(天時不如地利), 지리불여인화(地利不如人和)'라는 한문 시간에 배웠던 문장이 생각났다. 하늘이 주는 좋은 때는 지리적(地理的) 이로움만 못하고 지리적(地理的) 이로움도 사람의 화합(和合)만 못하다는 『맹자』에 나오는 말이었다.

'아, 그 한문 문장을 현대적으로 풀면 이렇게 되겠구나. 개인에게도 적용되는구나'라는 감탄이 나왔고 장소, 시간, 사람을 바꿔 보기로 했다. 어느 날 차를 운전해서 합천에 다녀오면서 내 스스로 바뀌기로 했다. 그 후로 나는 사는 장소, 사용하는 시간, 만나는 사람을 바꿨다.

11년 전에 전기밥솥이 고장나서 애프터서비스를 받으러 간 적이 있었다. 밥솥을 고치는 동안 전기밥솥을 쓸 수 없다고 했다. 난감했다. 어쩔 수 없어서 상황을 설명하고 새 전기밥솥을 구입하기 위해 업체에 할인 요청을 했지만 받아들여지지 않았다. 그런데 생뚱

맞게 이웃 전자제품 매장에서 상황설명을 하자, 흔쾌히 전기밥솥을 할인해 주었다. 나는 전기밥솥을 구입해서 집으로 돌아오며 왠지 부아가 났다. 할인을 받긴 했지만 정작 책임이 있는 업체에서는 나 몰라라 하는 그 상황이 화가 났다.

그때 처음 SNS를 시작했다. 네이버에 블로그를 개설했다. 의도가 매우 불순했다. 전자제품을 할인해 주지 않은 애프터서비스 업체의 실상을 알리기 위해서였다. 블로그를 시작한 후, 초기에는 주로 녹즙기와 커피 관장 방법 등을 올렸다. 그 후에는 핸드폰으로 사진을 찍어서 족욕기 등 가전제품을 올렸다. 요즘은 여행후기와 독서후기를 올리고 있다.

남편이 세상을 떠난 후 1년 이상 블로그에 글을 올리지 못했다. 남편이 떠난 후 1년 6개월이 지나자 겨우 다시 시작할 수 있었는데, 출장지나 워크숍으로 방문하게 되는 곳, 생활하며 다니는 곳들의 사진이나 경제서적 독서후기, 아이들을 데리고 미술관이나 가까운 곳에 다녀온 후기를 올렸다.

나는 직장에 잘 다녔고 가끔 아이들과 함께 다닐 뿐 아니라 블로그에 글도 올리며 지냈기 때문에 스스로 나름 잘 지내며 괜찮다고 생각했다. 그러나 겉으로는 멀쩡하게 다녔지만, 일이 많아지거나 스트레스를 받으면 두문불출하며 드라마나 잠에 빠져 살았다. 여전히 집안 살림은 엉망진창이었고 정리되지 않았다. 블로그에 글을 올리기는 했지만 핸드폰 사진을 정리하기 위해서 몇 개월분을 한꺼번에 몰아서 올렸다.

2011년 가을에 교통사고로 차를 폐차시킨 후 2012년 5월에 아이들을 데리고 부산으로 기차여행을 갔다. 부산 송정역에서 내려 용궁사와 부산 국립수산과학관을 방문했다. 아침에 기차를 타고 가서 콜택시를 불러 타고 용궁사까지 갔다. 용궁사는 우리나라에서 보기 드물게 바닷가에 있는 절로, 멀리서 보면 신비한 느낌이 들었다. 용궁사를 방문하기 전에 용궁사 방문 후기를 봤을 때는 용궁같이 엄청나게 큰 규모의 절일 거라 상상했지만, 막상 방문해 보니 우리나라 전국 어디서나 볼 수 있는 아담하고 정겨운 절이었다.

용궁사를 방문한 후에는 바닷가 오솔길을 걸어서 국립수산과학관에 갔다. 눈으로 봤을 때는 가까운 거리였지만 막상 걸어가니 가깝지 않은 거리였다. 국립수산과학관에는 바다와 관련된 온갖 전시 시설들이 갖추어져 있었고, 부산 아쿠아리움에서 볼 수 없는 수많은 국내산 물고기들을 볼 수 있었다.

용궁사에서 국립수산과학관까지 걸어가는 바람에 국립수산과학관 곳곳을 구경하며 다닐 때는 발이 아팠다. 나도 발이 아팠고 아이들도 발이 아팠다. 국립수산과학관에는 볼거리가 많았지만, 나중에는 피곤해서 더 이상 구경할 수 없었다. 아이들과 국립수산과학관 관람을 마치고 다시 부산 송정역으로 택시를 불러 타고 돌아왔다. 하루에 한 번 왕복 운행하는 기차를 기다리며 송정 기차역을 어슬렁거리며 오가고 있었다.

기차역에서 차츰 어스름이 내리는 철길 풍경을 바라보며 생각했다. '더 이상 이렇게 살아서는 안 되겠다', '찾으면 무언가 방법이 있을지 모른다'고.

온통 엉망진창인 내 인생이 걱정스러웠다. 쓰레기장 같이 정리되지 않는 내 삶이 너무 답답했다. 아무리 발버둥 쳐도 풀리지 않을 것 같은 실타래가 나를 감싸고 있는 느낌이었다.

남편이 세상을 떠난 지 3년이 지난 해였다. 그날 여행을 다녀와서 포털사이트에 '정리'라는 단어로 검색해서 나오는 책 두 권을 구입했다. 『하루 15분 정리의 힘』과 『인생이 빛나는 정리의 마법』이었다. 두 권 모두 '버리기'의 중요성을 처음부터 끝까지 설파했다. 상대성이론을 만들어낸 아인슈타인에게 가장 중요한 도구는 휴지통이었다고 했다.

나는 책 두 권을 읽고 버리기를 시작했다. 이사 후 집안 곳곳에 쌓아둔 물건들 중에 나를 힘들게 하거나 설렘이 없는 물건들을 버렸다. 쓸 수 있는 물건은 '아름다운 가게'에 기증했고, 쓸 수 없는 물건은 버렸다. 물건을 버리기 시작하자 삶이 더 편해지기 시작했고 나를 짓누르던 무게나 풀리지 않는 실타래 같았던 답답함이 조금씩 가벼워졌다.

물건을 버리며 주변을 정리하기 시작한 지 1~2년 후에 나는 오마에 겐이치의 글을 읽고 '사는 곳', '사용하는 시간', '만나는 사람'을 바꾸기로 결심했고, 지금까지 세 가지를 완전히 바꾸었다. 이제 내 인생은 이전과 다르게 바뀌었다. 나는 바뀐 내 인생에 만족하고 있었다.

며칠 전에 출장을 갔다. 같이 출장 간 K는 내 말을 듣고 '다시 한 번 더 사는 곳, 사용하는 시간, 만나는 사람을 바꾸어 보라'고 했다. 내가 아직 어딘가에 갇혀 있고 충분히 자기 자신을 위해서 살지 않는 것 같다고 말했다. 어쩌면 그 말이 맞을 수 있다. 요즘 내 생활은 다시 무질서해졌고 정리가 되지 않을 만큼 너무 많은 일을 하고 있다.

나는 나에게 묻는다. '사는 곳, 사용하는 시간, 만나는 사람을 다시 바꿔야 할까?'

그렇다. 우리는 원하든 원하지 않든 어떤 곳에서 어떤 사람을 만나 어떤 일을 하며 시간을 보낸다. 다시 말해 매 순간 사는 곳, 사용하는 시간, 만나는 사람을 선택한다. 이렇게 순간의 선택이 쌓이면 인생이 된다. 그러니 매 순간 사는 곳, 사용하는 시간, 만나는 사람을 살아 펄떡이는 의지로 새롭게 선택해야 한다.

나무 한 그루와
직면하기

10여 년 전에 같이 근무했던 직장동료 S가 미술치료교육과정 교육을 듣고 너무 좋았다고 말했다. 교육을 들으면서 그림을 통해서 교육받는 사람들의 심리나 생활이 모두 드러나서 당사자들은 조금 불편해 했지만 무척 재미있었다고도 했다. 이야기를 듣고 나도 언젠가는 미술치료교육을 받고 싶다는 생각을 했다. 그러나 막상 교육원에 교육을 받으러 가려고 생각해 보니 집안일까지 직장동료들에게 드러날 것 같아 교육받을 마음이 없어졌다. 어떤 일은 오히려 모르는 사람이 더 편할 수도 있었다.

백화점 문화센터에서 강의를 듣고 싶다고 생각했다가 POP 과정을 3개월 만에 마쳤다. 하고 싶은 일을 마치고 나자 조금 자신감이 생겼고 직장 업무량이나 업무시간 조절이 조금 쉬워졌다. 그러나 POP 과정을 들은 후 1년 동안은 업무 시간을 마친 후에도 밤 10시나 12시까지 일을 해야 할 만큼 업무량이 많았다. 업무를 마친 시간이라도 개인적으로 하고 싶은 일에 시간을 낼 수 없었다.

1년간 과중한 업무에 시달렸다. 일은 해도 해도 끝이 없었고, 당일 할 일을 다 해야 집에 돌아갈 수 있었다. 다행히 무단 귀가를 반복하던 큰아이는 학교를 옮긴 후 안정을 찾았고, 미술을 시작해서 열심히 학원에 다녔다. 큰아이가 고등학교 3학년이었지만 나는 제대로 돌볼 여력이 없었다.

큰아이는 미술학원에서 그림을 그리며 스트레스를 많이 받았다. 스트레스를 많이 받은 날이면 그날 겪었던 일을 모두 털어놓아야 잠을 잤다. 학원에서 어떤 일이 있었는데, 이랬다, 저랬다 하는 이야기를 끝없이 했다.

매일 밤 야근을 하는 상황에서 아이의 스트레스를 다 받아 줄 수 없었다. 큰아이는 밤늦도록 잠을 자지 않았고 낮에 있었던 일을 핸드폰으로 친구들에게라도 이야기해야 잠을 잤다. 나는 신경이 예민해져서 제발 일찍 자라고 했지만, 큰아이는 밤늦게까지 잠을 자지 않았고 방으로 들어가 문을 잠갔다.

큰아이가 방문을 잠그고 들어가면 나는 폭발했다. 온갖 이야기를 하며 아이가 문을 열 때까지 문밖을 지켰다. 큰아이는 마지못해 문을 열고 나왔고 문을 열고 나온 아이를 다시 야단을 치면 그날 밤은 시끄러워졌다.

그렇게 힘든 1년이 지나가자 직장 내 인사이동으로 근무부서를 옮겼다. 2~3개월이 지나자 업무 파악이 되었고, 다시 일주일에 하루 일찍 퇴근해서 하고 싶은 공부나 듣고 싶은 강의를 들어야겠다는 생각이 들었다. 어떤 강의나 공부를 하고 싶은지 생각해 보았다. 이전에 직장동료 S가 권했던 교육이 생각났다.

고등학교 2학년이었을 때 같은 반 친구가 미술 공부를 시작하는 모습을 보며 부러웠다. 집안이 가난하지는 않았지만 넉넉하지도 않았기 때문에 한 번도 미술 공부를 하겠다고 마음먹은 적도 없었고, 시켜줬으면 좋겠다는 생각도 감히 할 수 없었다. 나이가 들어가자 이전에 하고 싶었지만 하지 못했던 일이 생각났고 하고 싶어졌다.

가까운 C대학교 평생교육원의 교육 과정을 살펴보니 마침 미술심리상담사 2급 자격증 과정이 있었다. 6개월 동안 매주 월요일 7시부터 10까지 진행되는 강의였다. 강의를 듣고 싶기는 했지만 자격시험을 쳐야 한다고 되어 있어서 두려움이 앞섰다. 이전에는 전혀 접해본 적이 없는 분야여서 제대로 할 수 있을지 걱정이 되었고 막상 해보려니 막막했다. 비용도 상당했다.

미술심리상담 교육과정을 등록하고 처음 강의를 받으러 간 날은 긴장을 많이 했다. '미술심리상담'이라는 분야가 생소하기도 했고, 전혀 모르는 분야여서 어떻게 해야 따라갈 수 있을지 자신이 없었다. 7일 이상 결석하면 수료증을 교부하지 않고 3회 지각하면 1회 결석으로 처리된다고 했다. 직장에서 가깝기는 했지만 일주일에 하루 퇴근을 제시간에 할 수 있을지 걱정이 되었다.

첫 강의는 이론 중심 강의였다. 생소한 분야여서 어려웠지만 한번 해볼 만하다는 생각이 들었다. 미술심리상담은 미술 치료의 다른 말이며, 미술 치료는 심신의 어려움을 겪고 있는 사람들을 대상으로 그들의 미술 작품을 통해서 심리를 진단하고 치료하는 데 목적이 있다고 했다.

미술심리상담 교육 과정 수강은 생활의 활력이 되었다. 하고 싶은 일을 한다는 자신감과 인생 2막을 준비한다는 마음이 함께 어우러졌다. 매 강의 시간마다 8절지에 주제에 따라 그림을 그리면서 그동안 막히고 틀어져서 얼어 있던 마음이 풀리기 시작했다. 한 주 한 주 그림을 그릴수록 마음이 가벼워졌다.

미술치료는 장애아동이나 일반아동, 청소년, 성인을 대상으로 실시할 수 있고, 가족미술치료나 집단미술치료도 가능하다. 그림으로 심리를 진단할 수 있는 검사로 HTP, KHTP, LMT, KFD 검사가 있는데, HTP 검사는 언어로 하는 객관적 심리진단 검사를 보완할 수 있는 검사다.

미술심리상담 교육을 받으면서 HTP 검사를 처음 받았다. 처음 검사를 받았을 때는 교육을 받지 않은 상태에서 진행되었기 때문에 지시에 따라 그대로 실시했다. HTP 검사는 '집-나무-사람(HOUSE-TREE-PERSON) 검사'로, 지시에 따라 집, 나무, 남자 사람, 여자 사람을 순서대로 그린다. 나는 지시에 따라 집을 그렸고 나무를 한 그루 그렸으며 남자 사람과 여자 사람을 각각 그렸다.

집을 그리라는 지시를 받았을 때 2층짜리 학교 건물을 그렸고, 나무를 그리라는 지시를 받았을 때 20살 전후의 메타세쿼이아를 그렸다. 사람도 각각 지시에 따라 그렸다. 나는 검사를 마치고 HTP 검사 결과를 보는 법을 배웠다. 일반적으로 HTP 검사에서 나무나 동성인 사람의 나이는 자신의 나이를 반영한다. 그런데, 내가 그린 나무와 사람은 20~30세 전후에 그쳐 있었다. 전혀 예상치 못한 결과였다.

그림 보는 법을 배우고 나서 충격을 받았다. 그림으로 하는 심리 검사는 방어가 적고 응답의 왜곡이 적어서 많이 활용된다. 결국 말로 하는 검사보다 무의식이 더 잘 반영된다고 할 수 있다.

내 나이 20~30대에 무슨 일이 있었는지 생각해 봤다. 나는 남편과 살면서 싸우고 싶지 않았다. 그래서 끝없이 참다가 더 이상 참을 수 없는 지경이 되자, 이혼을 요구했고 남편은 들어주지 않았다. 나는 그 이후로 심리적으로 성장하지 못했고 그 자리에 있었다. 나 자신조차도 그 사실을 모르고 있었다. 어떤 누구에게도 검사 결과를 상담 받지 않았지만 그 사실은 명확했고, 충격은 오래갔다.

　미술치료에서 이런 상황을 '직면'이라고 한다. 나는 내 스스로 30대 이후로 내가 심리적인 성장을 멈추었음을 확인했고 내 속에서 그 원인을 찾고 찾았다. 내가 의도했던 일이 아니었고 나 자신조차도 모르고 있었던 일이었다. 충격은 한 학기 내내 이어졌다. 매주 월요일 미술심리상담 교육을 받았고 그림을 그리면서 조금씩 스스로 치유해갔다. 6개월 동안 진행된 미술심리상담교육을 마친 후 몇 달 뒤에는 자격시험에 응시해서 한국국공립대학 평생교육원협의회에서 주는 미술심리상담사 2급 자격증을 땄다.

　이어서 미술심리상담사 1급 과정을 이수하고 싶었지만, HTP 검사를 하면서 받았던 심리적 충격에서 벗어나지 못해서 6개월을 쉬었다. 곧 그다음 해에 다시 미술심리상담사 1급 자격증을 땄다. 그리고 지금은 한국미술치료학회에서 진행하는 임상미술심리상담사 1급 자격 과정에 다시 도전하고 있다. 처음 미술심리상담교육을 듣기 시작했을 때와 마찬가지로 지금도 나는 새로운 분야를 배우면서 잘할 수 있을지 순간순간 두려움에 휩싸이지만 한 걸음씩 한 걸음씩 앞으로 나가고 있다.

　어떤 사람들은 심리학 공부를 하는 일이 서서히 망하는 지름길이라고 하고, 어떤 사람들은 미래 유망 분야라고도 한다. 어쩌면 지금까지 공부한 것보다 더 많은 공부를 하는 출발선에 서 있는지도 모른다. 그러나 그림 그리는 일이 좋아서 시작한 일이고 하다 보니 이곳에 이르렀다. 이 일을 배우면서 후회해 본 적이 없다.

앞으로 총 850시간 이상의 교육 이수가 필요하다. 교육연수시간을 맞추기 위해 한국미술치료학회에서 실시하는 교육에 몇 차례 참여했고, 그 일환으로 MBTI 교육을 들으면서 일반강사 자격증도 취득했다. 미래를 예측할 수 없지만 나는 그저 나 자신을 믿으며 앞으로 나아간다. 스스로 잘 하리라 믿고 위로하며 간다.

경영
리더십

CHINA TV에서 K교수의 2013년 신년 특강을 봤다. 사람은 때로 독하고 신랄한 강의에 끌린다. CHINA TV에서는 주로 중국관련 방송을 했다. 중국어를 공부해야겠다고 생각하던 나는 중국어 강의를 들으려고 CHINA TV 채널에 방송을 고정해 뒀다. K교수의 신년 특강은 중국어 강의 사이에 방송을 했다.

그는 "중국어는 왜 공부하느냐? 제대로 하려면 중국 기업으로 가라. 실무를 통해서 배워라"라며 바른 말만 했다. 대학교에서 중어중문학과를 졸업한 나는 중국어를 배웠지만 정작 한 번도 써먹어 본 적이 없다. 그런 자격지심에 방송을 보다가 거기에 꽂혔다. 게다가 K교수는 방송을 마칠 때쯤 매월 넷째 주 토요일에 운영하고 있는 '중국경영 세미나'에 대해 소개했다.

'중국경영 세미나'에서는 원어 강의를 하고 중국 관련 책을 쓴 강사를 모시고 저자 특강을 한다고 했다. K교수가 하는 말은 내 뇌리에 박혔다. 나는 K교수가 한 말을 종이에 적지 않고도 외웠다. 그리고 '중국경영 세미나'라고 인터넷에서 검색해서 홈페이지를 찾았고 즐겨찾기에 등록해 두었다. 지방에 살고 있었기 때문에 현실적으로 매월 넷째 주 토요일에 서울로 올라간다는 건 꿈같은 일이었다. 그렇지만 언젠가는 가고 싶었기 때문에 잊지 않았다.

2014년 말이 되자 나는 직장에서 심리적인 벽에 부딪쳤다. 일 때문에 어려움을 겪었다. 몇 년 동안 밤낮으로 일했지만 인사고과에서 밀렸다. 한 번도 겪어 보지 못한 일이라 충격이 컸다. 빠른 승진을 바라지 않기 때문에 현상유지만 했더라도 충격을 받지 않았을 텐데. 매년 20~30명이 승진하는 속에서 한 해 동안 열심히 일했음에도 불구하고 뒤로 밀렸다는 사실은 수긍하기 어려웠다.

일할 의욕이 꺾였고, 자존심이 상했다. '나는 한 해 동안 할 수 있는 한 최선을 다했는데 뒤로 밀렸다. 그런데 다른 사람들은 도대체 얼마나 일했기에 승진까지 하는가?' 도무지 갈피를 잡을 수 없었다. 앞으로 더 열심히 해도 소용없을 것만 같았다. 내 앞에 큰 철벽이 가로막고 있는 느낌이었다. 그동안의 직장생활을 헛했다는 느낌도 들었고, 지난 생활을 다시 한 번 돌아보지 않을 수 없었다. 내 자신에게 왜 이런 일이 벌어졌는지 물었다. 한동안 좌절했지만, 하루 이틀 지나자 어차피 벌어진 일이니 다시 무를 수 없음을 깨달았다. 그래서 다시 도전해 보기로 마음을 먹었다.

2015년 신년이 되자 인사이동으로 근무부서를 다시 옮겼다. 마음을 다잡고 일하려고 애를 썼지만 전만큼 열심히 일할 수 없었다. 나는 스스로에게 던진 질문에서 답을 찾았다. 그동안 지나치게 열심히 일만 했다. 일만 한다고 되는 일이 아니었다. 좀 더 자신의 능력을 키우고 돌보면서 일해야 했다.

좀 더 능력을 키울 수 있는 방법이 뭐가 있을지 생각했다. 곧 그동안 옆으로 밀어두었던 중국어를 공부해야겠다는 생각이 들었다. 두 해 전에 '중국경영 세미나'를 즐겨찾기에 등록해 두었던 일이 생각나서 자료를 찾았다. 그리고 2015년 2월부터 매월 넷째 주 토요일 오후 2시에 개최되는 중국경영 세미나에 참석하게 되었다.

지방에서 서울로 가는 길은 멀었다. 한 달에 한 번뿐이었지만 새벽 첫 고속버스를 타야 시간에 맞게 교육 장소에 도착할 수 있었다. 매월 같은 시간에 버스를 탔지만 갈수록 목적지에 도착하는 시간이 늦어졌다. 교통편을 바꾸는 방법 외에는 정시에 도착할 다른 방법이 없었다. 지방에서 서울로 빠르고 정확하게 도착하는 방법은 KTX밖에 없었다. 고속버스와 KTX 교통비는 1.5배 정도 차이가 났다. 그렇지만 제시간에 도착하기 위해서는 어쩔 수 없었다.

KTX를 이용하자 매월 목적지에 도착하는 시간이 일정해졌고 길에서 보내는 시간도 줄어들어서 훨씬 편리해졌다. 12시 30분 전후면 도착할 수 있었다. 어느 날 교육장에 일찍 도착했다. K교수가 주관하는 경영리더십 세미나가 한창이었다. 교육 시간까지 시간이 남아서 교육장 뒤에서 대기하다가 살펴보니, '중국경영 세미나'를 같이 듣는 분이 한 분 보였다. 경영리더십 세미나 교육시간이 종료되었다.

강의를 마치고 나는 그분에게 다가가서 물었다.

"이 강의도 들으세요?"

"예."

"이 강의는 들어 보니 어떠세요?"

"일하는 데도 도움이 되고 굉장히 좋아요. 한 번 들어 보세요."

그분은 간단하고 명쾌한 어투로 경영리더십 세미나 강의를 추천

했다.

나는 그 말을 듣고 다음 달부터 새벽 기차를 타고 일찍 도착해서 경영리더십 세미나와 중국경영 세미나를 같이 듣기 시작했다. 경영리더십 세미나는 일에서 어려움을 겪고 있던 나에게 여러 가지 해결 방법을 알려줬다.

K교수는 '경영리더십'을 '통제 가능한 실행의 전략을 통해 가시적인 성과를 창출하여 시장과 고객에게 가치 있는 영향력을 행사하는 것'이라고 정의했다. 매 회 강의 시작 전에는 '경영리더십'에 대한 정의를 설명하고 강의를 진행했다. 매번 들을 때마다 새로웠다.

매 회 강의 주제와 내용은 달랐지만 기본 원칙은 언제나 같았다. '내가 원하는 것이 아니라 상대방이 원하는 것을 하라, 멀리 있는 목표가 아니라 지금 여기서 할 수 있는 일을 하라, 지금 내가 할 수 있는 일을 작게 쪼개서 지속적으로 꾸준히 반복하라' 매번 들을 때마다 내용이 달랐지만 기본적인 핵심은 항상 같았다. 당장 나에게 필요한 내용이었다.

내가 직장에서 겪었던 어려움은 궁극적으로 일에 대한 문제이기도 했고, 사람에 관한 문제이기도 했다. K교수는 매번 이야기했다. 업무적인 일에 감정을 개입시키지 말라고. 고객이 무슨 말을 한다고 하더라도 마음 상할 일이 아니다. 직장에서 나의 고객은 직장동료이다. 고객이 화를 낸다고 마음 상하는 사람이 어디 있느냐고 강의했다.

내 경우에도 마찬가지였다. 목표를 세우고, 본인이 처한 현실을 직시해야 했고, 본인의 강점과 역량을 찾아 전략을 세워 현재 상황에서 할 수 있는 일을 지속적으로 실행하고 다시 피드백 해야 했다. 매달 강의를 들을 때는 새롭고 맞는 말 같았지만 한 달이 지나고 나면 다시 힘이 빠졌다. 그러면 마약을 찾는 사람처럼 '경영리더십 세미나'에 참석했다.

사람을 움직이는 힘은 '가치'였고, 사소한 일에 가치를 부여하는 힘은 사람에게서 나왔다. 지금까지 3년째 경영리더십 세미나와 중국경영 세미나에 참석하고 있다. K교수는 본인이 생각하는 가치를 위해서 10년간 매월 넷째 주 토요일을 헌신하고 있다. 나는 매번 강의를 들으러 가서 강의자가 자신의 말을 몸소 실천하는 모습을 통해 많은 것을 배웠다.

매월 넷째 주 토요일 11시 30분에 교육 장소에 도착하면 한두 명의 교육 신청자들이 도착하고 이어서 동영상을 촬영하는 기사님과 오찬 뷔페를 준비해 주시는 부부께서 오신다. 참석자들은 무대를 향해 삼삼오오 자리에 앉아서 어디서 온 누구인지 서로 인사를 하고 이야기를 나눈다. 마치 어디선가 만났던 사람들처럼 반갑게 인사를 하고 대화를 나누다 보면 어느 새 점심 뷔페가 차려진다. K교수나 스태프들은 곧 점심식사를 하라고 안내한다. 그러면 사람들은 1회용 접시와 수저를 들고 정갈하게 차려진 간단한 한식 뷔페에 줄을 서서 먹을 만큼 개인 접시에 담아 다시 각각의 자리로 흩어진다.

경영리더십 세미나에서는 만난 지 30분도 채 안된 사람들끼리 한 테이블에 앉아서 식사를 하게 되는데, 마치 예전부터 알던 사람들처럼 서로 잘 어울린다. 매번 참석자들이 서로 잘 화합하고 어울릴 수 있는 이유는 참석자 대부분이 K교수가 오래 전부터 운영하고 있는 1인 기업 CEO 과정 교육을 수료하신 분들이거나 K교수의 10분 경영 강의를 청취하신 분들이기 때문이다. 나는 그분들과 다른 경로로 그곳에서 교육을 받게 되었지만, K교수의 강의를 듣고 모였다는 공통점 때문에 쉽게 친해진다.

오후 1시가 되면 K교수는 강의를 시작한다. 우선 K교수 본인이 운영하는 교육 과정을 참석자들에게 소개하고 그날 분위기에 맞는 인사말을 한다. 인사말을 마치고 나면 지금부터 동영상을 찍어야 하니 박수로 시작하겠다고 말한다. 그러면 참석자들은 열화와 같은 박수를 보내고 본격적인 강의가 시작된다.

나는 경영리더십 세미나를 통해서 나와 일, 성과, 사람들과의 관계에 대한 새로운 전략과 태도를 배웠고, 재정립할 수 있었다. 지금도 자주 흔들리기 때문에 매월 넷째 주 토요일이 되면 경영리더십을 배우러 간다. 결국 삶은 내가 제대로 서는 일이었고, 사람과 사람의 관계 속에 있었다.

책 속의 길,
사람 속으로

남편과 결혼한 후 경제적, 정신적, 신체적으로 힘이 들었다. 나와 남편은 경제 기반이 전무했고 결혼하자마자 아이를 낳아 키우느라 경제적 어려움에 끊임없이 시달렸다. 체력이 떨어지고 힘이 들면 책을 읽었다. 책을 읽는 동안은 힘든 일도 조금은 견딜 만하게 느껴졌기 때문이다. 주로 자기계발서와 재테크 관련 책이었다. 자기계발서를 읽은 이유는 일이 힘들고 어려울 때, 잠시 어려운 상황을 잊고 마음이 가벼워지고 밝아졌기 때문이었다. 재테크 관련 책을 읽은 이유는 경제적으로 계속 쪼들리는 상황을 벗어나고 싶었기 때문이었다.

남편이 아픈 후에는 주로 건강이나 경제 관련 책을 읽었다. 건강 관련 책은 주로 암 치료법, 거슨요법, 암 예방법, 녹즙, 건강 회복 수기 등이었다. 처음 암 발병 사실을 확인한 후 『기적의 암 치료법』이라는 책을 읽었다. 채식과 사과즙, 저염식으로 암 덩어리를 크게 줄이는 방법과 사례가 소개되어 있었다.

남편에게 흉선암이 발병한 후에야 예전에 앓았던 양성 종양인 우종격동종양이 암이었음을 알게 되었다. 흉선암 덩어리가 심장과 너무 가까이에 위치했고 종양도 커서 수술할 수 없었다. 의사 선생님은 우리 두 사람에게 종교를 가지도록 권했다. S병원의 흉선암 권위자를 찾아갔지만, 특별한 치료 방법이 없었다. 항암 요법이 최선이었기에 항암을 시작했다.

병원에서 어떤 희망도 제시하지 않는 상황이어서 어떻게 해야 할지 방법을 찾을 수 없었다. 그때 알게 된 책이『기적의 암 치료법』이었다. 현직 약사인 저자가 그동안 암 치료경험을 토대로 쓴 책으로 민간약제 처방, 채식, 사과즙으로 짧은 기간 내 암 환자가 보유하고 있는 암 덩어리를 최소화해서 양방 치료를 받을 수 있도록 하는 데 목적이 있었다. 남편의 경우에는 실제로 항암 치료 전후에 책 내용대로 해 본 결과 약간의 개선 효과가 있었다. 이후에 사과즙에 대해 관심이 생겨서 거슨요법에 대한 책을 읽었고 책을 통해 커피 관장하는 법을 익혔다.

경제 관련 책은 주로 경영, 재테크, 부동산, 주식투자에 관한 책이었다. 다행히 보험에 가입해 둔 덕분에 남편 병원 치료비는 보험회사에서 나왔지만, 남편이 휴직하면서 가정 경제가 불안해지자 미래를 대비해야겠다는 생각이 들었다. 현재 상황이 어려웠기 때문에 과거와 함께 현재가 암울했고 미래는 한 길 앞이 낭떠러지처럼 느껴졌다. 피터 드러커의 책을 두세 권 읽었다. 과거와 현재, 미래를 명쾌하게 정리하고 있어서 감동을 받았다. 불합리하고 어둡게만 느껴지는 현 상황을 이론에 근거해서 합리적으로 설명했기 때문에 합리적으로 대비한다면 어둡지만은 않다는 희망을 가지게 되었다. 남편 투병기간 동안 피터 드러커의 책은 내가 합리적인 노력을 할 수 있도록 심리적인 버팀목이 되어 주었다. 어떤 상황에서도 매번 긍정을 유지하려고 애썼지만 남편은 유명을 달리 했다.

나에게 책은 주로 현실을 회피하거나 타개하는 수단이었다. 초등학생 때는 가까이에 책 읽는 어른이나 책을 권하는 사람, 책조차도 없어서 책 읽는 습관이 없었다. 혼자 있는 시간에는 하늘을 바라보면서 어른들에 대해서, 사는 일에 대해서, 미래에 대해서 생각을 했다. 조금 자라 중고등학생이 되었을 때는 학교에서 받는 스트레스를 풀기 위해 만화책이나 하이틴 로맨스를 읽었다. 중학생이었을 때 순정만화를 무던히 읽었고, 고등학생이었을 때 하이틴 로맨스를 자습시간에 읽었다. 스트레스를 받았을 때 만화나 하이틴 로맨스 같은 책을 읽으면 스트레스가 스르륵 날아갔다. 어른이 되면서 책이 만화나 하이틴 로맨스가 하던 역할을 했다. 힘든 일이 있거나 답이 없을 때 책을 읽으면 나도 모르게 은연중에 찾던 방법을 찾기도 했고, 위로가 되기도 했다.

그럼에도 남편이 세상을 떠나자 한동안 책을 읽을 수 없었다. 남편이 세상을 떠난 후 처음 손에 잡았던 책도 자기계발서와 경제 관련 책이었다. 조지 소로스의 『금융의 연금술사』와 『열린사회 프로젝트』를 읽었다. 세상에 악의 축으로 알려져 있는 조지 소로스는 체코에서 태어난 유대인으로 런던 금융가를 거쳐 미국으로 건너가 미국경제를 쥐락펴락하는 재계 거물이 되었다. 알고 보니 그는 단순한 투자가나 상인보다는 철학자였다. 오스트리아 출신 영국 철학자인 칼 포퍼에게서 철학을 배웠고, 철학에 근거한 투자이론인 재귀성 이론을 구축해서 이론적 배경을 토대로 수익을 창출했다. 자신의 철학에 따라 동부유럽을 돕기 위해 대학을 세우는 등 '열린사회 프로젝트'를 진행했다.

어둡고 암울한 속에서 책을 읽으니 잠시 희망이 깃들었다가 한 순간에 하늘로 날아가 버렸다. 책 한두 권을 읽어도 마음에 위로가 되지 않았다. 마음속으로 생각했다. 차라리 일 많은 부서로 가서 일이나 실컷 하면 좋겠다고. 그러자 어느 새 일이 많은 부서로 옮기게 되었고 일에 파묻혀 지내면서 몸은 고달팠지만 마음은 오히려 편해졌다.

그렇게 지내다가 하루는 '이렇게 계속 아무 생각 없이 일만 하며 지내도 되는 걸까?' 자각을 하게 되는 일이 생겼다. 보험 회사에서 보험 가입 홍보용 전단지와 함께 노후 자금에 대한 칼럼을 나눠 주었는데, 노후 자금이 얼마나 필요한지에 대한 내용이었다. 칼럼을 읽고 혼란스러웠고 정신이 번쩍 들었다. 그리고 우연히 어딘가에서 인생 5대 필수 자금을 계산하는 방법을 봤다. 내 경우에는 계산해 보니 노후를 편안하게 지낼 수 있는 비용으로 17억 9천만 원이 필요했다.

정신이 들자 다시 재테크에 관한 책을 손에 들었다. 『돈 걱정 없는 노후 30년』, 『4개의 통장』을 읽었다. 그동안 내버려 두었던 경제 상태를 점검했다. 내 재정상황은 낙관할 수 없었다. 내가 재정 상태에 대한 자각을 처음 했을 때 엑셀파일에 재정 계획을 세웠다. 그때는 처음으로 제대로 재정 상황을 점검하고 체크했다. 재테크 관련 책을 읽어 나가자 희한하게도 최고의 노후 준비는 평생 현역이라는 이상한 결론이 나왔다. 노후에 적은 돈이라도 벌면 필요한 노후자금이 그만큼 줄어들기 때문이었다.

나는 겨우 심리적으로 우울한 상태에서 벗어나기 시작하고 있었다. 교통사고로 차를 폐차하고 걸어 다닌 지 1년이 지나자 차츰 주위 상황들이 눈에 들어왔고 내 경제 상태나 앞으로의 일에 생각이 미쳤다.

2012년 7월 근무부서를 옮긴 지 얼마 되지 않았을 때 직장에서 직원들에게 손바닥만 한 작은 수첩을 두 권씩 나눠 주었다. 새로운 부서에서 근무하게 되었으니 심기일전하기 위해 수첩을 쓰기 시작했다. 우선 아무것도 적히지 않은 깨끗한 수첩 첫 장 윗부분 공란에 '7월'이라고 적었다. 수첩을 펴서 첫 페이지에는 첫 줄부터 열다섯째 줄까지 앞부분에 1부터 15까지 숫자를 적었고, 두 번째 페이지에도 첫 줄부터 열여섯 번째 줄까지 앞부분에 16부터 31까지를 적었다. 숫자 앞에는 월요일에 해당하는 날에만 '月'을 적어 월요일 표시를 했다. 8월부터 12월까지도 같은 방식으로 간편한 달력을 만들었다.

대개 시중에서 파는 수첩에는 달력이 인쇄되어 있었지만, 아무것도 적히지 않은 수첩에 내손으로 직접 날짜를 기재해서 달력을 만들자 기분이 좋아져서 수첩에 주요 일정을 적었다. 내 생애 첫 일정 관리 수첩이 만들어지는 순간이었다. 이전에는 돈이 시간보다 중요하다고 생각하며 살았다면 이때부터는 시간이 돈보다 중요하다고 생각하며 살게 되었다.

수첩을 쓰기 시작하고 나서 아이 방 책꽂이를 정리하다가 『12살에 부자가 된 키라』라는 책을 읽게 되었다. 주인공 키라가 경제적으로 어려움을 겪고 있는 부모님을 통해 서서히 경제관념을 익히고 강아지 멘토의 지도로 하루하루 적은 돈을 투자해서 부자에 이르는 과정이 담긴 책이었다. 책을 읽으면서 아이들을 위한 책이지만 어른들이 읽어도 손색이 없는 책이라는 생각을 했다. 책 내용 중에 가장 인상적이었던 부분은 '성공일기 쓰기'였다. 나는 책을 읽고 키라가 쓴 것처럼 아무런 생각 없이 하루하루 그날 잘한 일을 한 줄씩이라도 적어 보기로 했다.

2012년 9월 4일부터 성공일기를 썼다. 수첩을 찾아보니 달랑 한 줄씩 적혀 있었다. 첫째 줄에는 '책을 읽었다', 둘째 줄에는 '9/12 POP 수업 시작', 셋째 줄에는 '9/11 걸어서 출근', 넷째 줄에는 '9/10 물의 미래를 읽다'라고 적혀 있었다. 처음에는 한 줄씩 적기 시작해서 차츰 서너 줄이 되었고, 여섯 일곱 줄이 되었다.

성공일기를 쓰기 시작한 후 일정 관리와 메모에 관심이 생겨 『한국의 메모달인들』이라는 책을 읽게 되었다. 책을 읽으면서 이제야 메모에 관심을 가지게 된 것이 아쉬웠다. 메모로 어떤 사람은 방송을 하고 어떤 사람은 책을 쓰고, 또 어떤 사람은 보험왕이 되었다고 했다. 이전부터 '메모가 중요하다'는 말은 들어서 알고 있었지만, 메모가 인생을 바꿀 수 있다고까지는 생각하지 못했기 때문에 대수롭지 않게 생각했던 일들마저 아쉽게 느껴졌다.

마침 그 무렵 '세상을 바꾸는 시간 15분'이라는 CBS 방송 프로그램에 푹 빠지게 되었다. 첫 방송을 보다가 방송 내용이 너무 좋아서 제목과 강연자 이름을 적고 내용을 한 줄로 요약하면서 방송을 시청하기 시작했다. 그렇게 연달아 300여 편을 보다 보니 수첩 한 권을 다 썼고 새로운 수첩도 방송 내용으로 채웠다. 『한국의 메모달인들』을 읽은 계기로 책을 읽는 쪽으로 생활 습관이 조금씩 바뀌었다.

한동안은 일이 많아서 책에서 멀어져 있었지만 2014년 초, 같이 근무했던 동료 한 명이 가까운 도서관에 책을 빌리러 가곤 해서 한두 번 따라갔다가 다시 책을 손에 잡게 되었다. 책을 읽기 시작하자 세상 시름이나 마음에 자리 잡았던 번뇌가 완화되었다. 책을 통해 마음의 위안을 얻은 셈이었다.

책을 읽기 시작하면서 도서관에 자주 들르게 되었다. 도서관에 가도 도서관 서가 전체에 관심을 가지기에는 부담이 너무 커서, 신간 도서 코너에서 읽고 싶은 책을 두 세권 빌려서 돌아왔다. 신간 도서 코너에서 책 몇 권을 빌려 읽다가 차츰 다른 책들도 읽게 되었다. 책을 읽기 시작하자 책이 책을 소개해 주었고, 책 읽기가 사람과 일과 인생을 바꿀 수 있음을 새삼 인식하게 되었다.

흔히 하는 말로 책이 사람을 바꾼다고 했다. 실제로 어떤 사람은 평생 동안 이만 권의 책을 읽었다고 한다. 직장생활 하랴, 책 읽으랴 바쁘게 하루하루를 보냈다. 그래서 2014년 6월말이 되자, 어떤 결심이 섰다. '나도 책 100권을 읽어 보자. 어쩌면 인생이 바뀔지도 모른다.' 7월 1일부터 책 100권을 읽기로 마음을 먹고 책 읽기를 시작했다. 책 100권을 읽기로 마음을 먹고 시작하자, '어떤 책을 읽을 것인가?'에서 막혔다. 어떤 특별한 방향성이 필요했다. 스스로 어떤 책을 읽을지 정하며 목표를 향해 나가기는 어려웠다.

그래서 독서모임을 찾았고, 손에 닿는 독서모임 4개에 모두 가입했다. 각각의 모임에서는 1~2개월 단위로 추천 도서를 선정하기도 하고, 연초에 선정한 1년 치 추천도서 목록을 회원들에게 나눠 주기도 했다. 독서 모임에 가입하면서 조금 더 체계적인 책 읽기가 가능해졌고, 사람들과의 만남을 통해 좀 더 집중력을 키우게 되었다. 사람 속에서 책 읽고 토론하는 법을 배우기 시작했다.

제5장

햇빛처럼
화해

남편과 사는 동안 애틋하게 사랑하며 살지 않았다. 직장에서 만나 연애결혼을 했으니 그 사람이 어떤 사람인지 알았고 결혼해서 살면서 돈 쓰기 좋아하고 사람 좋아하는 성향이 나를 힘들게 했지만, 그런 일들 때문에 남편을 미워하거나 속았다고 생각한 적이 없었다. 내 마음 속에서 사랑의 불꽃이 꺼졌을 때, 남편과 헤어지지 못했지만 인간으로서는 여전히 좋아했다.

남편을 사랑하지 않았으니 남편이 떠났을 때 나는 괜찮았을까? 나 자신은 괜찮을 거라고 생각했지만 전혀 괜찮지 않았다. 남편은 마지막 몇 년 동안 이전에 하지 않았던 모든 일들을 했다. 어느 곳에 가더라도 매일매일 전화했고, 아이들에게도 더할 나위 없이 했으며, 항상 내가 편하도록 배려했다.

남편이 세상을 떠났을 때, 남편과 사는 동안 하루하루 사는 일에 버거워 버둥거리며 살았기 때문에 삶에 지쳐서 그냥 쉬고만 싶었다. 가끔 경제적으로 어떤 대비를 해야 할지 고민했지만 살고 죽는 일에 비하면 덧없으니 크게 고민하지 않았다. 남편이 살아있는 동안에는 하루하루를 버티며 살았고, 남편이 세상을 떠난 후에는 허무의 늪에 빠져 살았다.

나의 불행은 내가 선택한 것일까? 내가 원하는 남자와 결혼했지만 단 한 번도 불행을 선택한 적이 없다. 다만, 나는 대한민국 워킹맘으로 살 준비가 부족했고 경제적인 어려움을 버틸 힘이 없었다. 단순하고 무지했으며, 눈앞의 어려움에서 벗어나고자 버둥거렸다.

지금도 나는 여전히 단순하고 무지하며, 눈앞의 어려움에서 벗어날 방법을 모른다.

달라진 점이 있다면 이제는 좀 더 자신을 들여다보고, 사람 속에서 길을 묻고 함께 길을 찾고자 애쓴다는 점이다.

나 자신과
화해하기

남편이 아프게 된 후, 나는 인터넷으로 흉선암에 관한 찾을 수 있는 정보는 다 찾아봤다. 어디에도 긍정적인 내용이나 가능성이 없었고, 병원에서 단 한 번도 긍정적으로 말한 적이 없었다. 이미 재발한 암이라고 하니 매일 기적을 바랄 수밖에 없었다. 매 순간 무한 긍정이 필요했다. 그래야 하루를 살 수 있었으니까.

매일 기적을 빌었고, 미신에 가까워 보이는 일도 어떤 것이든지 마다하지 않았다. 약사 출신인 황봉실이 쓴『기적의 암 치료법』을 읽고 남편과 같이 찾아 가서 진찰을 받았다. 항암치료를 받는 동안 양방치료와 병행해서 차도가 나타나기도 했다.

좋은 녹즙기를 구입해서 매일 녹즙을 짰고, 유기농 채소로 먹도록 했다. 또, 쑥뜸 치료법 책을 보고 쑥뜸을 배웠다. 쑥뜸 용품점을 찾아가서 몸에 직접 불을 붙이지 않는 간접구법을 배워서 매일 남편 배꼽에 쑥뜸을 했다. 남편은 쑥뜸을 좋아했지만 알레르기 반응이 생겼다. 그걸 알기 전까지는 계속 뜸을 떠 줬다.

자연요법과정에도 참가했고, 8체질로 암을 고칠 수 있다고 해서 8체질 창시자인 한 박사를 찾아가서 진찰을 받도록 했다. 남편은 1년

이상 그분께서 운영하는 병원에 다녔지만 그곳에서 양방과 병행치료하지 않도록 강력히 권고함에도 불구하고 양방을 버리지 않았다.

항암 치료가 끝난 후에 일시적으로 병세가 호전되기는 했지만 암덩어리가 수술할 수 있을 정도로 작아지지 않았다. 그래도 포기하지 않고 방사선 치료를 받았고, PET 치료도 받았다. 남편에게 더 이상 적용해 볼 만한 치료법이 없었다. 병원에서 한 번은 표적치료법을 소개했지만 흉선암에 대한 치료 효과가 확인된 사례가 없었기 때문에 결과를 확신할 수 없어 포기했다.

처음 발병한 사실을 알게 된 후 남편은 열심히 등산을 하며 운동했고, 새로 산 스포츠카를 씻고 닦고 튜닝하고 청소했다. 남편은 마음의 위안을 위해 인간의 한계에 도전해 성공한 이창호의 책을 읽었고, 가왕 조용필의 노래를 들었다. 남편과 나는 치료에 도움이 될까 해서 전국 곳곳에서 개최되는 조용필 콘서트에 참석했다.

남편과 나는 시어머니의 성화에 못 이겨 몇 년 동안 매년 연초에 시댁 뒷산 아래 조용한 신당에서 기도를 올렸다. 기도는 시댁 앞집에 사시는 점 보시는 분께서 주관하셨다. 남편이 옆에 앉아 있었고, 시어머니와 내가 옆에서 손바닥으로 남편이 쾌유하도록 빌었다.

남편이 아픈 동안 하루하루가 불안의 연속이었고 살얼음판을 걷는 기분이었다. 항암치료 기간을 제외하고는 병세가 나아진 적이 없었다. 병세가 하루하루 나빠지는 걸 알고 있었지만 속수무책이었다. 마약성 진통제 처방을 받고 집에 머무르는 동안에도 남편은 아프다는 내색을 하지 않았다. 나는 통증완화를 위해서 커피 관장법을 배웠고 인터넷으로 관장용 원두커피를 구입해 와서 매일 커피관장을 했다. 하지만 마지막 며칠은 그마저도 도움이 되지 않았다. 그렇게 미친 듯이 6년을 살았고, 남편은 떠났다.

남편이 세상을 떠난 후 장례식과 사십구재를 잘 지냈다. 그리고 한동안 넋 놓고 살았다. 사는 일이 다 의미 없고 부질없게만 보였다. 남편이 살아있는 동안 즐거웠던 일은 기억나지 않았다. 아무런 감정 변화 없이 모든 일에 무덤덤했다. 평소에는 울지도 않았고 웃지도 않았다. 앞으로 어떻게 살아야 할지에 대한 계획도 없었다. 때로 웃고 다녔지만 웃어도 마음속까지 웃지 못했다.

남편이 세상을 떠난 후에는 혹시 다시 살아날지도 모른다는 생각이 들어 장례를 치르면 안 될 것만 같았고, 장례식을 치른 후에는 살아있는 사람을 화장한 것만 같았다. 장례식 직후 첫 출근 날, 사람이 죽었는데 먹고 살려고 일하러 가야 하는 사실이 비감했지만 일에 빠져 있을 때는 모든 일을 잊을 수 있었기 때문에 일하는 시간이 오히려 감사하게 느껴졌다.

우리 속담에 '말이 씨가 된다'는 말이 있다. 한 번은 남편이 부부 싸움 끝에 "내가 죽어 주겠다"고 말했다. 나는 그때도 지금도 그런 말을 하는 사고방식을 이해할 수 없다. 그런 말을 할 바에야 왜 같이 사는가? 헤어지고 말지 그 따위 말은 왜 하는가? 화해를 한 후에 그 말을 취소시켰지만 남편의 그 말이 가슴에 남아 있어서 지워지지 않았다.

또 남편이 헬스장에 열심히 다니고 있었는데, 다니지 말라고 말한 적이 있다. 남편이 명퇴신청을 하려 했지만 반대했다. 남편 병세가 위중해서 내가 직장에 휴직을 내고 남편을 돌봐주려고 했지만 남편과 시숙이 반대해서 하지 못했다. 직장을 다니면서 남편을 충분히 돌봐주지 못했다. 표적치료에 대해서 못마땅한 듯이 이야기했다. 남편이 가족들에게서 떠나 환경이 좋고 쾌적한 곳에서 휴양하도록 하지 못했다. 남편이 떠난 후에 남편과 함께하며 지낸 일들이 생각났다. 했던 일보다 하지 않았던 일이, 좋았던 일보다 후회되는 일이 더 선명하게 머릿속을 맴돌았다.

남편은 조용히 본인이 할 수 있는 일을 했지만, 겉보기에는 자기 병에 투쟁적이지 않아서 불만이었다. 어느 날 사무실에서 퇴근해서 집에 왔을 때 큰아이가 나에게 말했다. "엄마, 아빠가 회를 시켜 먹었어요." 남편은 회와 소주를 좋아했지만, 아픈 동안 먹지 못했다.

암 전문가는 아니지만, 동물성 단백질은 암 덩어리를 더 크게 키울 수 있었기 때문에 채식을 하고 있었다. 그런데, 어느 날 갑자기 회를 시켜 먹었다는 말을 듣자 스스로 투병을 포기한 것처럼 보였다. 나는 남편의 생각이 궁금했지만 무서워서 물어보지 못했다. 남편은 갔고, 뒤돌아보니 후회할 일과 안타까운 일들만 남았다.

얼마 전에 사천 다솔사에 갔다가 70세 노부부를 만났다. 앞서 가던 일행이 뒤따라오던 우리를 부산스럽게 불러서 뛰어가 보니 검은색 카니발 운전석 뒷자리를 개조해서 방처럼 꾸미고 전국을 다니며 여행했다는 두 분의 이야기를 열심히 듣고 있었다. 카니발 뒷문을 열어둔 채 차 속을 손가락으로 가리키며 이러쿵저러쿵 이야기가 이어졌다.

"저거는 뭐예요?"

"전기밥솥입니다."

"세상에, 차에서 전기밥솥으로 밥을 할 수 있네요."

"어머, 저건 뭐예요?"

"전기장판입니다."

"세상에…."

남편 분께서 70대시고, 부인은 60대 후반이라고 했다. 5년 전에 남편이 간암에 걸려 고생을 했고 이제 완치해서 차를 타고 전국을 다니며 가고 싶은 곳에 가고, 머무르고 싶은 곳에 머문다고 하셨다.

두 분을 보며, 남편과 나도 저렇게 살았으면 좋았을 텐데 하는 생각이 들었다. 그리고 '그때 왜 그랬지?' 하며 나 자신에게 다시 물었다. 바보의 가장 좋은 학교는 경험이라는데 나는 왜 경험을 통해서 아무 것도 배우지 못했는가?

데즈카 치사코가 쓴 『나를 치유하는 14일간의 여행, 칭찬일기』에 나오는 말이다.

언어에는 입 밖으로 꺼낸 것을 현실로 이루어주는 언령이라는 에너지가 있습니다.

이 글을 읽으면서 남편이 "내가 죽어 주겠다"고 했던 말이 오버랩 됐다. 말에 언령이 있다는 글을 읽는 순간, 어쩌면 남편은 이 말 때문에 갔는지도 모른다는 생각이 들었다.

나와 남편의 불행은 무엇보다도 우리가 이혼하지 못한 일로부터 시작되었다. 남편은 이혼할 생각도 없이 왜 결혼사진을 찢었을까? 나는 그때도 용서하지 못했고, 지금도 용서하지 못한다. 다시 그때로 돌아가더라도 다르게 행동하지 않을 것이다. 나는 결혼사진을 찢었던 남편의 행동과 시어머니 때문에 이혼할 수 없다던 남편의 말에 피투성이가 된 마음을 닫았다. 남편은 이혼을 요구하는 내 모습에 자존심을 다쳤고 상처 입었다.

남편과 나는 같이 살면서 행복하지 못했다. 서로 좋아서 결혼했지만 서로에게 끌렸던 바로 그 모습 때문에 실망했고 사랑이 끝났을 때 더 큰 사랑으로 키우지 못했다. 두 사람 다 작고 못났기 때문이었다. 나는 그때나 지금이나 마음이 넓지 못하고 한 치 앞만 겨우 내다보며 산다. 사람은 쉽게 변하지 않는다. 나는 남편이 변하기를 기대했고, 남편은 내가 변하기를 기대했다.

우리는 서로 바뀌지 않는다는 사실을 받아들이지 못한 채 상대방이 변하기만 기대했다. 어쩌면 남편은 세상을 떠나기 전에 변했는지도 모른다. 그러나 나는 느끼지 못했고, 그때 알았다 하더라도 너무 늦었다. 무엇이든 때가 있는 법이다. 사랑이 남아있을 때만 사랑의 말이 꽃이 되고 나비가 될 수 있다. 너무 늦어버린 말 한마디는 회한이 될 수밖에 없다.

남편이 가고 5년이 지나서야 나 자신의 참상을 알게 되었다. 그 전까지는 내 모습조차 몰랐다. '집-나무-사람' 검사를 하면서 남편과 싸우고 이혼을 요구하던 그때에 문제가 있었음을 알게 되었다. 그때 이후로 내 무의식이 성장하지 못하고 정체되었다는 사실은 나에게 큰 충격이었다. 물론 충격은 컸지만, 문제를 몰랐을 때보다는 더 나은 상태였다. 문제를 모르면 답도 찾을 수 없었지만, 문제를 발견하고 나자 미술심리상담사 과정을 공부하며 그림을 통해 하나하나 풀어나갔다. MBTI 과정 공부를 하며 내가 원래 가지고 있었던 모습을 찾고 생각하면서 심리적 안정을 찾아 나 자신과의 화해가 이루어졌다. 나를 알아가자 차츰 모든 실마리가 풀렸다.

이제는 말할 수 있다. 사랑은 상대방을 위한 혼신을 다한 화학적 변화이다. 남편이 떠난 후에 현실에서 또는 TV를 통해 암을 완치한 부부들을 볼 때면 부러운 마음이 많이 든다. 그들이 함께한 혼신의 변화가 암 완치라는 아름다운 결과를 만들어낸 것이라는 생각이 들기 때문이다. 나는 하지 못했고 그들은 해냈다. 나는 나와 화해했지만 나 자신이 아직 부족하다는 걸 안다. 그래서 내 자신의 변화를 바라며 바람 속에 서 있다.

세상을
용서하라

남편이 세상을 떠난 후 3년이 지난 어느 날 출근길에 교통사고가 났다. 차를 폐차하고 직장에서 집까지 걸어 다녔고, 집에서 직장까지 걸어 다니기도 했다. 걷기 시작하면서 마음에 평화가 찾아왔다.

그동안 매일 아침 8시까지 출근하기 위해 버둥거렸다. 정해진 출근시간은 따로 있었지만 모든 사람이 8시에 출근하는 사무실에 혼자 8시 넘은 시간에 출근하면 저절로 주눅이 드는 탓에 8시 전에 출근하려고 부단히 애를 썼다.

그렇지만 본의 아니게 교통사고가 났고 차가 없어져서 아침마다 택시를 타고 출근했다. 어느 날 아침에는 비가 오는 것도 아닌데, 아무리 콜택시 회사에 전화를 해도 택시가 잡히지 않았다. 두 번, 세 번 전화를 해도 택시가 잡히지 않자 마음에 불이 붙은 것처럼 뜨거워졌다. 큰일 났다는 생각이 들었다.

조바심이 났지만 방법이 없었다. 그동안 택시로 출근하는 방법 외에는 다른 방법을 생각도 해 보지 않은 탓에 어떻게 해야 할지 알 수 없었다. 다시 콜택시 회사에 전화를 해도 택시가 잡히지 않았다. 그때 전에 직장동료가 했던 말이 생각났다. 집에서 직장까지 걸었더니 20분 정도 걸렸다는 말이었다.

이미 8시에 출근하기에는 늦었고 계속 택시를 잡아도 잡히지 않으니 방법이 없었다. 20분 정도 걸린다면 뛰어서 가도 9시 전에는 도착하겠다는 생각이 들었다. '에라, 어차피 늦었는데, 9시 전에는 들어가야지. 죽기 아니면 까무러치기다. 한 번 걸어가 보자' 하는 생각이 들었다. 그러고는 직장까지 부지런히 걸었다.

교통사고가 나기 전까지는 한 걸음을 걷더라도 차를 가지고 다녔다. 살고 있는 도시 자체가 계획도시여서 차가 있어야 생활이 가능한 구조였기 때문에 대부분의 직장인들이 차를 소유하고 있었고 차 없이 생활하는 사람은 찾아보기 힘들었다. 차 없이 생활한다는 생각은 해 본 적이 없었고, 차 없이 다닌 적도 없었다. 그런데, 느닷없이 교통사고가 나자 내 삶에 심통이 났고, 나를 휘두르고 제멋대로 하려는 세상에 짜증이 났다.

내 손으로 처음 샀던 차는 아니었지만 8년 만에 차를 폐차하고 나니 차도 사람 같다는 생각이 들었다. 남편이 죽고 나서 마치 죽을 때를 기다렸던 것처럼 사흘 만에 장사 치르는 모습을 보면서 마음이 편치 않았다. 한 사람의 삶이 저 정도 밖에 안 되는가 싶었다. 임종 순간을 함께 했지만 다시 살아날 것 같았고, 뭐라고 다시 말할 것만 같았다. 그런데, 그런 사람을 차가운 시체보관실에 넣어두고 시체를 수습해서 염을 하고 거기에 다시 삼베 줄을 꽁꽁 묶어서 관에 넣고 그 관을 다시 화장시켰으니 마음이 좋지 않았다.

세상을 사는 재미가 없고 허무하기만 했기 때문에 새 차를 살 의욕이 없었다. 차를 고르고 다닐 마음의 여유도 없었고, 차 없이 길을 다녀도 마음에 드는 차도 없었다. 할부로 차량 구입을 할 수도 있었지만 겨우 2~3년 전에 차량 할부를 청산한 끝이라 다시 할부 대금에 쪼들리고 싶지 않았다. 그때 직장업무도 거의 대부분 내근이어서 차량이 꼭 필요하지 않았다. 물론, 직장동료들이 하는 일을 돕기 위해서는 차량이 필요했지만, 내 차가 없다고 해도 큰 문제가 발생하지는 않을 상황이었다.

택시가 잡히지 않은 날 아침, 오전 8시에 집에서 출발해서 부지런히 직장까지 걸었더니 8시 20분이 되어 사무실에 도착했다. 사무실에 도착하자 직장동료들은 모두 자리에 조용히 앉아서 일을 하고 있었다. 오전 8시 이후에 출근하면 큰일 날 줄 알고 그렇게 마음을 졸였는데, 걸어서 출근해 보니 오히려 마음이 밝아지고 상쾌해졌다. 사무실에 들어가서 밝게 인사하니 사람들은 아무렇지도 않은 듯 인사할 뿐이었다.

아침에 걸어서 출근한 날, 하루 종일 사무실에서 일을 하면서 걸어서 출근하는 일이 나에게는 큰일인 것 같았지만 다른 사람들에게는 아무런 일도 아니라는 사실이 놀라웠다. 직장생활을 하면서 그동안 겪어 보지 못한 일이었다. 나 자신에게 묻고 나 자신에게 답했다.

'아무도 신경을 쓰지 않는데, 그동안 왜 그렇게 애를 쓰며 살았을까?'

'그래, 내일부터 걸어서 출근해야겠다.'

그리고 다음 날부터 아침에 걸어서 출근하기 시작했다. 아침에 조금 일찍 일어나서 집에서 출발하는 시간을 20분 정도 당겼다. 그러자 어렵지 않게 8시 전후에 사무실에 도착할 수 있었다. 일이 많아서 저녁 퇴근시간이 매일 늦었지만 노란빛이 도는 가로등이 줄지어 서 있는 5층 아파트 단지를 지나 건너편 상가 빌딩 불빛이 영롱하게 어린 호숫가를 걸었다. 이어서 메타세쿼이아 나무가 즐비한 가로수 길을 걸어 내려가면 집에 다다랐다.

매일 밤늦게 퇴근했기 때문에 밤 11시나 12시쯤 가로등 불빛이 꺼져 있는 날은 무섭기도 했지만, 거의 모든 날은 마음이 호수처럼 잔잔했다. 그때부터 마음의 균형이 조금씩 되살아났다. 한겨울에 거리를 걸으면 추울 것 같지만 걸어서 출근하면 춥지 않았다.

한겨울 아침에 메타세쿼이아 가로수 길을 걸어서 올라가면 노란 개나리가 피어나는 모습을 볼 수 있었다. 저녁 퇴근길에 다시 보면 제법 꽃 모양이 되어 피어있다. 그리고 하룻밤 한파가 지나가는 날에는 그 사이 힘들게 피었던 개나리가 활짝 핀 채 얼어 붙어 있었다. 처음 그 모습을 봤을 때 괜히 헛웃음이 났다. 흔히 하는 말로 개나리꽃이 미쳐서 계절도 모르고 핀다고 생각했다.

겨울 내내 출근하면서 개나리꽃의 분투를 보았다. 개나리꽃은 한겨울 한파 속에서 단 하루도 꽃을 피우는 노력을 중단하지 않았다. 그 개나리꽃이 나에게 누구도 줄 수 없는 감동을 주었다. 겨우 내 개나리꽃과 함께 출퇴근했다. 아침 출근길에 개나리꽃에 인사를 했고 저녁 퇴근길에도 인사를 했다. 사람도 아닌데 이 말 저 말 혼잣말을 중얼중얼하며 걸었다.

봄이 오자, 매일 혼자 중얼중얼 개나리꽃에게 웅얼거리던 말이 시가 되어 있었다. 시 쓰기는 배운 적이 없었다. 내가 개나리에게 하는 인사말들이 시 비슷한 모양이 되자, 문득 예전에 대학을 졸업하고 잠시 다녔던 직장을 그만 둘 무렵 했던 생각이 떠올랐다.

'다음에 나이가 들면 장편소설을 쓸 수 있을 거야.'

그때 이제 뭘 해야 하나 하고 고민하다가 문득 이런 생각이 든 것이다. 『토지』가 완결되지 않은 채 아직 한두 권씩 발간되던 때였고, 당시 박경리 작가가 생존해 계셨기 때문에 지금처럼 독보적인 존재로 부각되지 않았던 때였다. 『토지』가 KBS 드라마로 제작되어 방영된 적도 있어서 친숙하게 느껴졌기 때문에 장편 소설을 쓰는 일이 대단히 어렵게 생각되지도 않았다.

대학 4년 동안 『토지』와 『대망(大望)』을 완독했다. 『토지』의 내용에 감동받았고, 『대망(大望)』의 작가 야마오카소하치가 집안 대소사도 챙기지 못한 채 연재했다는 분투기를 읽고 우리나라에는 '왜 이런 소설을 쓰는 사람이 없는가?' 싶었다. 약이 올라서 장편 소설을 쓰고 싶었다.

겨우내 개나리꽃을 들여다보며 떠오른 생각들이 모여서 시 비슷한 모양이 되었을 때 어려서 장편소설을 쓰려고 했던 오만함이 생각나서 우스웠다. 살다 보니 사람의 마음속을 들여다보기가 제일 어렵고, 내가 하는 말 한마디도 어떤 말을 해야 할지 망설여지는데 어떻게 소설을 쓰겠다는 마음을 먹었을까? 그래서 소설보다 시가 나을 것 같았다. 공책을 한 권 샀다. '시집을 내기로 했다'고 들어가는 말을 쓰고 '꽃'을 주제로 한 편 한 편 시를 쓰기 시작했다. 그동안 떠올랐던 생각들을 시 모양이 되도록 몇 편 적었다.

겨울 내내 걸어서 출퇴근을 했다. 겨울 동안에는 기온이 낮아서 아침, 저녁 걸어 다녀도 땀도 나지 않았고 쾌적했다. 봄이 가고 여름에 가까워지자 아침이라도 20분씩 걸으면 땀이 나고 옷이 감겼다. 비가 오기도 했다. 걸어 다니면서 여러 가지 생각을 했고 주변 풍경들을 보다 보니 자연히 집에서 직장까지 운행하는 버스 정보를 알게 되었다.

버스 운행 노선을 알게 되자, 차츰 꾀가 생겼다. 걷는 것보다 편하고 쾌적했기 때문에 버스를 타게 되었다. 어떤 날은 걸어서 출근하는 것보다 더 많은 시간이 걸렸다. 그래도 아침에 조금 더 일찍 일어나 버스를 타고 출근했다. 버스를 타고 출근하게 되면서 버스에서 보내는 시간이 아까워 책을 들고 다녔다. 많이 읽지는 못했지만 책을 손에 잡자 어두웠던 마음이 한결 환해졌다.

아침 일찍 출근하고 저녁에 늦게 퇴근하는 생활이 계속되었다. 마음은 조금씩 환해졌고, 안정되기는 했지만, 때때로 스트레스가 엄습했고 주변에서 어두운 소식이 들려오면 침울해지기 일쑤였다. 우리나라 겨울날씨를 삼한사온이라고 하는 것처럼 내 마음도 삼한사온이었다. 한동안 평화가 찾아오는가 하면 침울한 소식에 곧바로 침몰하기를 거듭했다.

어느 날 버스를 타고 있을 때, 예전에 같이 근무했던 직장 동료가 전화를 했다.

"누님, 혹시 차 필요하세요? 매제가 타던 차가 있는데, 누님이 구입하시면 어떨까요?"

"그래요? 차량금액이 얼마예요?"

"150만 원이요."

"그러면 그렇게 해요."

그렇게 지금 타고 다니는 차를 구입했다.

직장동료의 전화를 받고 잠시 망설였다.

아이들을 키우며 경제적 여유는 없었지만, 빚에 쪼들리지도 않았다. 남편이 떠난 후에 차도 집도 사람 같다는 생각을 했다. 비싸고 좋은 차나 집을 가진 사람만 대우하는 현실에 화가 났다. 그들이 마음대로 재단한 세상에 그들이 요구하는 모습으로 존재하고 싶지 않았다. 그래서 차나 집을 구입해서 아무 일 없었던 것처럼 세상에 맞추며 살고 싶지 않았다.

직장동료는 차를 사지 않을 것 같은 나를 배려했다. 나는 직장동료의 마음을 알았고, 그 마음이 고마웠다. 그래서 그 차를 구입했고 지금도 귀하게 타고 다닌다.

때로 어떤 사람이 내미는 따뜻한 손길이 노여움을 잠재우고 마음을 풀리게 한다. 따뜻한 마음으로 열지 못할 문이 없다. 누구든 마음에 작은 온천 하나씩 가지고 다닌다. 따뜻한 심장이 제 기능을 하려면 우선 자기 자신을 사랑하고 보살펴야 한다. 그리고 여유가 있을 때는 주변 사람들도 품었으면 좋겠다.

있는 그대로
받아들이기

걸어서 출퇴근하면서 스트레스가 줄었다. 햇빛을 많이 받아서 마음도 몸도 튼튼해졌다. 일이 많았지만 잠을 잘 잤다. 계속 스트레스를 받았지만, TV 드라마를 몰아 보거나 잠을 자는 시간이 줄었다. 하고 싶은 일을 하기로 마음먹고 POP를 배웠다. POP를 배우는 동안 여러 색깔 물감으로 갖가지 색지에 글씨를 쓰고 그림을 그리며 즐겁게 교육을 수료했다.

평일에는 경황이 없었지만, 주말이 되면 '세상을 바꾸는 시간 15분'이나, 교육 또는 여행 다큐멘터리를 봤다. '세상을 바꾸는 시간 15분'을 통해 마인드맵을 접했고, MBI 과정 강의를 듣게 됐다. 마인드맵을 배우는 동안 더 없이 유쾌하고 즐거웠다. 마인드맵 교육을 받으면서 봉사를 실천하는 H강사님의 따뜻한 열정에 감동받았다.

즐겁게 POP 교육 과정과 마인드맵 교육을 받고 나자, 예전에 심리 상담을 받으러 가서 수녀님께서 상담해 주셨던 일들이 마음에 떠올랐다. MBTI 검사 결과에 대한 충분하고 자세한 상담을 생략한 치료 안내가 적절했는지 알아보고 싶어졌다. 'MBTI'로 인터넷 검색을 하니 사회종합복지관 같은 심리 검사 기관 홈페이지와 MBTI 연구소 홈페이지가 나왔다. 심리 검사 기관 홈페이지를 보니 평일 낮에만 상담이 가능해서 갈 수가 없었지만, MBTI 연구소에는 주말에 하는 교육 과정이 있었다. 교육 신청자가 학사 이상인 경우 과제물을 제출하면 교육을 받을 수 있었다. 교육을 받기 위해서 과제물을 읽고 공부해서 제출했다. 그리고 MBTI가 무엇인지, 내가 어떤 유형인지, MBTI 상담을 해 주신 수녀님은 왜 그렇게 건성으로 대하신 건지 제대로 알아보려고 MBTI 초급 과정 교육을 신청했다.

교육을 신청하고 나서 생각해 보니 내가 미친 것 같았다. POP 교육을 3개월간 다닌 건 그럴 수 있다고 하더라도 글씨체를 초등학생 같은 POP로 바꾼 것도 그렇고, TV 프로그램을 보고 마인드맵 교육을 들으면 인생이 바뀔 것 같아서 서울까지 교육을 받으러 다녀온 것도 모자라 부산에서 하는 MBTI 교육을 받겠다고 교육을 신청하다니. 예전 같으면 상상도 할 수 없는 일이었다. 주변사람들에게 설명하기 난감해서 아무런 말도 하지 않았다.

해운대 근처 장산역 L마트에서 하는 교육에 참석하려고 보니, 아침 일찍 버스를 타고 해운대 버스 정류장에서 내려 지하철을 타고 이동을 해야 했다. 시외버스는 자주 타지 않아서 익숙하지 않았고 차를 가지고 가려니 제시간에 도착할 자신이 없었다. 부산은 교통정체가 심해서 제시간에 약속 장소에 도착하기 어렵다는 고정관념이 머리에 박혀 있었고, 부산 시내를 차로 헤맨 적이 많았기 때문에 차를 가지고 갈 엄두가 나지 않았다.

결국 교육 첫날 시외버스를 타고 교육 장소를 향해서 출발했다. 장소를 제대로 찾지 못할까 계속 불안했다. 해운대 시외버스터미널

종점에 내렸다. 해운대 시외버스터미널은 해운대역 맞은편에 위치해 있었고 근처에 해운대가 있다는 사실을 바로 느낄 수 있을 만큼 젊고 발랄한 복장의 사람들이 자주 눈에 띄었다. 처음 이용해 보는 부산 지하철은 생소했지만 노선이 복잡하지 않아서 좋았다. 행선지였던 장산역은 지하철 종점에 있었다.

지하철 개찰구를 지나 들어가서 한동안 앉아 있으니 바로 전철이 들어왔다. 전철을 타자 걱정이 되었다. 10번 출구에 가면 있다는 교육 장소는 또 어떻게 찾아야 하나? 부산에 도착해서는 당초에 걱정했던 것보다 모든 일이 순조로웠지만 작은 일 하나하나에도 걱정이 앞섰다.

막상 장산역에 도착하니 교육 장소를 찾기는 무척 쉬웠다. 교육 장소는 쾌적하고 밝고 환했으며 교육 준비하시는 분만 먼저 와 계셨다. 나는 인사를 하고 들어가서 자리를 잡고 앉았다. 교육을 받겠다고 오기는 왔지만 몇 년 동안 장거리 출장을 가거나 교육을 받은 일이 없어서 낯선 교육장에 와 있다는 사실이 생소하고 낯설었다.

MBTI 교육 장소를 몰라 일찍 서둘러 와서 교육 시간보다 한 시간이나 일찍 도착했기 때문에 다른 교육생들은 한 분도 도착하지 않은 채 나만 교육장 안을 어슬렁거리며 돌아다녔다. 교육장은 넓었고 교육장 탁자는 2개씩 마주보도록 배치되어 있었다. 각 탁자에는 MBTI 심리 유형별 표지가 세워져 있었다. 교육 대상자들은 자기 심리유형을 찾아 앉도록 되어 있었다. 내 자리는 가운데에 배치되어 있었다. 내 심리 유형과 같은 심리 유형의 사람들이 앉을 수 있는 자리는 탁자 한 곳뿐이어서 선택의 여지가 없었다.

한동안 교육장에 앉아 있다가 주변이 차츰 눈에 익숙해지자 아침 식사를 하지 못하고 오는 사람들을 위해 준비되어 있는 다과가 보였다. 간단하게 먹을 수 있는 송편이었다. 아침을 먹고 왔지만 일찍 일어나 먼 길을 오느라 약간 피곤했기 때문에 간식을 보자 입맛이 돌았다. 나는 얼른 일어나서 간식이 준비된 탁자로 가서 종이컵에 작은 송편 몇 개를 담고 커피를 한 잔 탔다. 커피를 타다 보니 벽면에 걸린 법정스님의 『일기일회』의 글귀가 보였다.

'모든 순간은 생애 단 한 번의 시간이며, 모든 만남은 생애 단 한 번의 인연입니다'라는 문구가 내 마음에 와서 박혔다. 그래, 그랬구나. 그런 거였어. 마음에 와 닿는 말이었다. 한동안 글을 들여다보고 있다가 자리로 돌아와서 송편을 먹고 커피를 한 잔 마셨다. 그리고 수첩을 들고 자리로 돌아가서 표구된 액자에 적힌 문구들을 남김없이 수첩에 옮겨 적었다.

부잔코리아에서 운영하는 마인드맵지도사 MBI 과정 교육을 받으러 갔을 때 교통편이나 시간이 맞지 않아서 왕복 비행기 표를 예약했다. 이틀간 교육을 재미있게 마치고 집으로 귀가하려고 공항에 갔다. 마침 행선지가 같은 분이 있어서 공항에 같이 도착했지만 비행기 표가 잘못 예약되어 있어서 비행기를 탈 수 없었다. 비행기 표는 탑승하지 않으면 이월이나 환불이 가능했지만 일요일 밤이다 보니 탑승권을 구할 수 없었다.

다음날 출근할 일도 걱정이었지만 그보다 일행에게 무안하고 창피해서 고개를 들 수 없었다. '이런 어이없는 실수를 하다니, 어떻게 이런 정신으로 직장생활을 하고 있었나? 서울에 오니 바보가 따로 없구나' 하는 생각이 들었다. 일행에게 상황을 설명하고 먼저 가시라고 말하고 헤어졌다.

일행과 헤어진 후 비행기 표를 환불하고 지하철로 돌아가기 위해 무빙워크에 올랐다. 고속버스터미널로 가야 했다. '비행기 표가 없는데, 버스표도 없으면 어떻게 하나?' 불안감을 안고 서서히 움직이는 무빙워크 위에 서 있으려니 내 자신이 피난민 같다는 생각과 함께 현실이 자각되었다.

나는 특별할 것 없는 직장인이었고, 나홀로 엄마였으며, 비행기 표 하나 제대로 예약하지 못해서 지하철을 헤매는 신세였다. 나는 자신에게 물었다.

'앞으로 남은 인생도 이렇게 어리바리하게 정신 못 차리고 살 것인가?'

'나는 무엇이 되고 싶으며, 무엇이 하고 싶은가?'

자괴감이 들어서 초등학교 때 어른들이 마실가시고 없는 집에서 했던 생각, 배추 밭두렁을 오가다가 파란 하늘을 보며 했던 생각, 대학시절 홀로 자취하며 했던 생각이 떠올랐다.

'나는 누구인가?'

'내 꿈은 무엇인가?'

그리고 탈무드 이야기 하나가 생각났다. 어떤 부자와 랍비가 같은 배를 타고 새로운 도시에 도착했고, 몇 년 후 부자는 전 재산을 잃었지만, 지혜로운 사람이었던 랍비는 오히려 부와 행복을 이룰 수 있었다는 이야기였다.

'이제 나이 들었다고 다 포기하고 안방 늙은이처럼 살 것인가?'

'자신에게 투자하면서 지혜로운 사람으로 살 것인가?'

'경제적 부만 쫓으며 살 것인가?'

남편이 살아있는 동안 내가 그를 사랑하지 않음을 알았고 스스로도 그 감정을 어쩔 수 없었다. 한 번 깨진 컵은 컵 주인이라 하더라도 다시 붙일 수 없었고, 붙였다 하더라도 컵이 될 수 없었다. 나는 남편을 사랑하지 않았지만 인간적으로 좋아했다. 같이 살았던 사람을 사랑하지 않는다 해도, 그와 보낸 세월이 있고 인간에 대한 정이 없을 리 없었으며 아이들이 남았다. 바로 전까지 살아있던 사람을 차가운 시체실에 넣고 그 사람을 삼베 줄로 묶어 화장해서 장례식을 치르는 모습을 보면서 내가 온전했을 리 없다.

나는 살림을 잘 살지 못했고 다정하지 않았으며 자신과 남편에게 지나치게 솔직했다. 남편이 살아있는 동안이나 세상을 떠난 후에 잘못했다고 말한 적이 없다. 지금도 앞으로도 나 자신이 바뀔 수 있으리라 장담할 수 없다. 내가 그에게 할 수 있는 말은 이 한마디뿐이다.

"나 같은 종지만 한 사람 만나 고생 많았어요. 용서해 줘요."

나는 남편을 보내고 이제 세상을 향해 한 걸음 내딛었다. 사람들과 함께하는 법을 배우고 있다. 스스로 지혜로운 사람이 될 수 있기를, 더 큰 그릇으로 거듭날 수 있기를 바라며.

지금을
즐겨라

남편이 세상을 떠난 지 5년이 지난 어느 날, 재테크 관련 책 몇 권을 읽고 재정계획을 세워야겠다고 생각하고 엑셀파일을 하나 만들었다. 파일에 앞으로 필요한 노후자금과 할 일 목록을 적었고 언제까지 이룰지 날짜, 수량, 금액까지 적었다.

남편이 가고 넋 놓고 있느라 노후자금에 대해 생각해 보지는 않았다. 세상 사는 게 의미 없고 허무한 마당에 노후까지 생각할 여력이 없었다. 앞으로 필요한 돈이 얼마인지 생각해 본 적도 없었다. 남편이 살아 있었을 때에는 살아있다는 것 자체가 기적이었다. 경제 상황 따위 아무래도 좋았다.

우선, 작성할 항목을 은퇴, 자녀교육, 주택마련, 자녀결혼, 여행, 방통대, 책읽기, 블로그로 나누고 시작일와 종료일, 목표, 금액을 각각 칸에 계산해서 채워 넣었다. 그동안 납입된 연금과 저축, 보험도 계산을 해서 적립된 금액과 앞으로 적립할 금액을 나누어 각각 적어 넣었다. 그동안 생각만 했던 노후자금 계산을 끝내고 나니 속이 후련해졌다.

어렵게만 생각되던 재정계획은 자료를 모으는 데 몇 날 며칠이 걸렸지만 실제로 작성하는 데는 두세 시간으로 충분했다. 재정 전문가에게 컨설팅을 받은 것도 아니고, 경제 관련 지식이 풍부하지도 않았지만 혼자 작성해 놓고 마음이 흐뭇해졌다. 그때 작성했던 재정계획은 1년 후에 한 번 업그레이드 한 후로는 계속해서 컴퓨터에서 잠만 자고 있다. 내 노후자금이 얼마 정도 필요한지 알아보는 정도에서 그쳤지만 현실점검에 크게 도움이 되었다.

재정계획을 작성하면서 책 읽기 목표를 같이 작성했는데, 그 뒤로는 특별히 의도하지 않아도 책읽기가 수월해졌다. 책을 제대로 읽기 시작한 것은 그때부터였다. 재정계획을 작성할 때 목표를 정해봐야겠다는 생각에 책 읽기 목표를 '100권'이라고 적었고 1년 6개월 뒤를 종료일로 정했다. 책 읽기 목표 '100권'을 정할 때 한 달에 몇 권, 일주일에 몇 권, 하루에 몇 시간이라는 구체적인 책 읽기 계획에 대해서는 고민하지 않았다. 무작정 적었다.

학생이었을 때 읽었던 『고대로의 정열』의 작가 하인리히 슐리만이 수많은 책을 읽고 신화 속에만 존재했던 그리스 황금 유적을 발굴해서 세기의 업적을 남겼고, 에드거 스노의 『중국의 붉은 별』주인공이었던 마오쩌둥이 상업학교를 졸업하고 도서관에 파묻혀 수많은 책을 읽고 중국을 통일했다는 글이 떠올랐다. 나도 내 인생을 한 번 바꿔봐야겠다는 생각에서 막연히 많은 책을 읽겠다고 생각했다. 책 읽기 목표를 정할 때는 막연히 실현할 수 있을 것 같은 숫자 중에서 0으로 끝나는 가장 적당한 숫자를 선택했다. 목표를 주먹구구식으로 정했기 때문에 1년 6개월이 지난 후에도 목표에 도달하지 못했다.

얼마 후 책 읽기 목표를 점검해 보니 당초 목표했던 기간에서 7개월 정도 남은 시점이었지만 그동안 읽은 책은 28권이었다. '책 읽기 목표 100권' 달성이 불가능할 것으로 보였다. 책 읽기를 포기하기에는 아쉬움이 많이 남았다. 책 읽는 재미에 빠졌기 때문이다. 어떤 사람은 살아있는 동안 책을 이만 권이나 읽었다고 하는데, 나는 평생 천 권도 못 읽겠는가? 나도 계속 책을 읽어 보자고 마음먹었고 다시 주먹구구식으로 과감하게 목표를 수정했다. 3년 후까지 책 천 권 읽기로 새로운 목표를 세웠다.

그동안 1개월에 여덟 권이나 아홉 권을 읽어야 1년 뒤에 책 100권을 읽을 수 있다는 계산도 하지 못한 채 막연하게 책을 읽었고 지금까지 100권 이상의 책을 읽었다. 현실을 고려하지 않은 채 다시 2018년까지 '책 읽기 1,000권'을 목표로 삼고 있다.

내가 책을 읽는 이유는 인생을 바꿔 보고 싶었기 때문이다. 책을 읽으면 인생이 바뀌는지 나는 모른다. 내 인생을 위해 지금 할 수 있는 일을 하는 것뿐이다. 나이가 들어도 하고 싶은 일을 하며 살고 싶다. 그래서 지금 이 자리에서 할 수 있는, 하고 싶은 일을 한다.

'작은 것에 만족할 줄 알라. 그것이 우울함을 피하는 가장 좋은 방법이다.' 탈무드에 나오는 말이다.

남편이 세상을 떠난 후 스스로를 격려하고 고독하고 우울하게 살았다. 그러다 우연히 하고 싶은 일을 찾았고 그때부터 자신의 요구에 충실하게 하루하루를 살고 있다. 낮에 백화점 문화센터에 다니며 여유 있게 시간을 보내는 사람들이 부러워서 POP 글씨를 배웠고 글씨체를 POP글씨체로 바꾸었다. 3개월 동안 POP 교육과정을 배우러 다니는 동안 행복했다.

마인드맵을 배운 후부터 그림이나 도형, 색깔을 더 잘 활용할 수 있게 되었고, 사람의 마음에 나타나는 색깔도 조금 더 잘 느낄 수 있게 되었다. 마인드맵으로 독후감을 작성하고 교육받은 내용을 정리하고 업무 정리에도 활용하고 있다. 때로는 마인드맵을 사람들에게 소개하기도 한다. 여러 색깔 형광펜과 볼펜으로 마인드맵을 그리노라면 아름다운 색채 속에 내가 사는 것 같아 기분이 좋아진다.

예전부터 듣고 싶었던 미술심리상담 교육을 들으면서 아크릴, 수채화물감, 동양화물감, 크레파스로 갖가지 그림을 그렸다. 특히 꽃 그림을 많이 그렸다. 교육과정에서 종이나 여러 가지 재료를 오려서 붙이고 신문지를 찢고 풍선을 터트리고 소리를 지르며 내 속에 있었던 어둠을 털어내고 조금씩 빛을 찾았다.

MBTI 교육과정을 들으면서 내 자신이 가지고 있는 타고난 심리적 선호경향을 확인했고 교육 이수를 통해서 조금 더 나아지고 조금 더 멋져지도록 자신을 개발할 수 있게 되었다.

이제는 다시 내가 하고 있는 일에 돌아와 올바르고 우수한 성과를 내고자 3P바인더를 배워서 일정 관리를 하고, 사무실 업무서류를 3P바인더로 정리 하고 있다. 독서경영지도사 교육을 받았고, 문필가가 되고 싶었던 꿈을 위해 글쓰기를 배웠다. 하나하나 작은 것에서 의미를 찾고 만족하려고 노력한다. 새로운 것을 배울 때마다 또 다른 의미가 있고 서로 연결되어 더 큰 배움으로 이어지기 때문에 매일 배움 속에서 기쁨과 만족을 찾을 수 있어 감사하다.

건강을 위해서 테니스를 시작했다. 아침 일찍 일어나 일주일에 두 번 테니스 레슨을 받는다. 아침마다 날아오는 공을 향해 스트레스를 날리듯이 테니스 채를 휘두른다. 새들이 지저귀는 새벽 공기 속에서 한동안 뛰고 나면 기분 좋은 따뜻함이 온몸을 감싼다. 매주 월요일 아침 테니스 레슨이 새로운 한 주를 시작하는 힘이 된다.

그동안 하고 싶었거나 지금 하고 싶은 일을 하나하나 해 보고 있다. 하고 싶은 일이 있으면 지금 한다. 하고 싶은 일을 하고 있으니 세상사 시름이 없어지고 마음이 넓어진다. 다른 사람 마음도 알겠고, 내 마음도 알겠다. 그래서 웃을 수 있다. 웃고 다니면서 좋은 말만 한다. 내가 좋은 말을 하니 주위 분들도 좋은 말을 해 주시고, 멀리서도 좋은 말로 화답해 주신다.

지금 하고 싶은 일을 해야 나중에도 하고 싶은 일을 할 수 있다. 지금 먹고 싶은 음식이 있으면 가서 먹어 보자. 오늘 내가 우울하다면 하고 싶은 일을 하고 있지 않아서다. 지금 하고 싶은 일이 있으면 바로 해 보자. 인생은 연습이 없다.

인산인해
동방명주를 등반하라

집결지가 김포공항 국제청사 2층 게이트 3번이었다. 집결시간인 오전 9시에 약속 장소에 도착하기 위해 아침 일찍 일어났다. 여행에 대비해서 미리 여러 가지 물품들을 챙겨야 했지만, 3일간 여름휴가를 내기 위해 직장에서 많은 일을 처리해야 했다. 며칠 야근을 했다. 여행에 필요한 옷가지 등은 물론이고, 여행지에서 들고 다닐 가방, 모자도 챙기지 못했고 여행 일정표도 제대로 확인하지 못했다. 전쟁 통에 피난이라도 가듯이 짐을 부랴부랴 챙겼기 때문에 준비물도 있는 것은 있고, 없는 것은 없었다. 무슨 해외여행을 당일치기 국내여행 가듯이 대충 준비해서 나섰다.

여행 가방도 출발 이틀 전에 겨우 직장동료에게 빌렸다. 가지고 있던 여행용 가방은 고장이 나서 버리는 바람에 여행용 가방이 없었다. 직장 동료에게 빌린 여행용 가방은 천으로 된 크고 투박한 가방이었다. 나와 작은아이 두 사람의 짐을 그 가방에 담았다.

해외여행을 하기 위해서 여행 가방을 살 시간적 여유가 없었다. 인터넷으로 여행용 가방이 얼마 하는지 알아보지도 못했다. 직장 동료에게 물으니 면세점에서 싸게 살 수 있다는 말을 듣고 면세점에서 가방을 사기로 했다.

큰 여행용 가방을 끌고 공항버스를 타기 위해 여기저기 전전할 생각을 하니 돌아다닐 엄두가 나지 않았다. 투박하고 큰 여행용 가방에 담긴 나와 작은아이의 짐을 싣고 가기 위해서 별 수 없이 차를 가지고 공항까지 운전해 갔다. 차를 국내선 주차장에 주차시키고 국내선 입국장에 도착하니 마음이 조급해지기 시작했다. 폭이 좁고 작은 국내선 비행기를 탔다. 중학교 2학년이었던 작은아이는 비행기가 처음이어서 기분이 괜찮아 보였다. 나는 제대로 준비하고 출발하지 못해서 계속 무엇에 쫓기는 듯한 기분이 들었다. 정말 피난이라도 가는 느낌이었다.

비행기에서 내려 김포공항 국내선 청사에 도착했다. 김포공항이 처음이라 낯설었다. 국내선과 국외선 청사가 각각 따로 있으니 청사 간 이동시간을 감안해서 도착시간을 계산해야 했지만 그 부분을 놓쳤다. 환전도 하고 오지 않아 마음이 뒤숭숭했는데 국제선 청사까지 찾아가야 한다고 하니 마음이 급해졌다. 국내선 청사에서 겨우 환전을 하고 보니 약속 장소는 국제선 청사였다. 택시라도 타고 싶었지만 보이지 않았다. 국제선 비행기 출발 시간은 다가오고 있었지만, 국내선 청사에서 국제선 청사로 가는 방법을 알 수가 없었다. 주변을 오가는 사람에게 묻고 물어서 겨우 국제선 청사로 이동하는 버스에 탑승했다.

다행히 약속 시간에 맞추어 김포공항 국제선 청사에 도착해서 청사 1층에서 기다리고 있었다. 여행팀에서는 카톡으로 모든 전달사항을 전했지만 내용을 건성으로 봤기 때문에 집결지를 정확히 확인하지 못했다. 국제선 청사에 도착해서 한동안 기다리다가 주최 측 J 실장의 전화를 받고서야 겨우 일행들과 합류할 수 있었다.

여행팀과 합류하자 겨우 한숨을 돌리고 마음이 조금 편해졌다. 사람들 사이에 적당히 끼어 앉으며 그 동안의 일을 머릿속으로 정리했다. 사무실에 덜 처리된 일이 없도록 정리했고, 이제 떠나면 되는 순간이었다. 마음이 푸근해졌다.

면세점에 도착하자마자 여행 가방을 하나 샀다. 연둣빛 여행용 가방을 하나 사기는 했지만, 크고 투박한 여행용 가방을 버릴 수는 없어서 여행 내내 여행용 가방 두 개를 끌고 다녔다.

2015년에 참석했던 상하이 글로벌 비즈니스 캠프 첫날 김포공항에서 겪었던 일이다. 상하이 글로벌 비즈니스 캠프는 한국능률협회에서 활동했던 K교수가 운영하는 '중국경영 세미나'에서 안내를 받아 신청했다.

세상사에 눈 닫고 귀 닫고 일만 하면서 살다가 어느 날부터 깨달았다. 나한테 투자해야지, 내가 변해야지 하는 마음이었다. 그때부터 걸음마 하듯이 하나 둘씩 내가 하고 싶은 일을 찾아서 하기 시작했다. 그냥 마음 가는 대로 했다. 가만히 있다가도 어떤 생각이 나서 하고 싶은 일이 생기면 망설이지 않고 바로 찾아가서 하는 법을 배웠다. 할 수 있는 방법을 찾아서 바로 했고, 그동안 하고 싶었던 일도 찾아서 했다.

중국경영 세미나에 참석하는 일은 그동안 하고 싶었던 일이었다. 중국경영 세미나에 참석하면서 바로 앞 시간에 운영되는 경영리더십 세미나에도 참석했다.

두 개의 강의를 담당하는 K교수는 초여름 어느 날에 GSBC 글로벌 상하이 비즈니스 캠프 프로그램을 소개했다. 강의 소개와 교육을 듣고 관심이 갔지만 집에 돌아가서 잊어버렸다. 그다음 달에는 더 본격적으로 과정 안내를 했다. 그동안 중국에는 한 번도 가보지 못했고, 부모와 자녀 각 1명씩만 참석하는 교육프로그램이어서 아이에게도 좋은 경험이 되겠다는 생각이 들었다. 그래서 아이와 의논하지도 못한 채 무작정 교육 신청을 했다. 그렇게 참석하게 된 여행캠프였다.

상하이에서만 4일을 머무르는 코스여서 상하이에 대해 자세히 알 수 있는 여행이었다. 첫날에는 상하이 도시계획관 참관을 했고 상하이 요리를 먹은 후에 상하이 랜드마크인 방송중계탑 '동방명주' 구경을 하기로 되어 있었다.

우리일행은 동방명주 입구에서 중국의 참모습을 탐험하게 되었다. 동방명주에 입장하기 위해 사람들이 끝없이 줄을 서 있었다. 세상에 태어나서 그렇게 긴 줄은 처음 보았다. 국내에서였다면 집으로 돌아갔겠지만 그곳은 중국이었다. 기껏 힘들게 중국에 와서 상하이 랜드마크도 못 보고 돌아갈 수는 없어서 겨우 끝까지 버텼다.

'그래 중국 인구가 13억이었지.'

'그래, 이게 중국의 참모습이지. 한 번 견뎌 보자.'

'그래, 중국인들이 왜 만만디 만만디 하는지 이제 알겠어.'

정말 이를 악물고 참았다. 상하이 한여름 더위 속에서 동방명주 전망대로 올라가는 일은 흡사 지옥을 연상시켰다. 지옥이 있다면 이런 모습일 거라고 생각했다. 사방에 사람으로 가득했다. 한 사람도 돌아설 공간이 없었고, 에어컨이 돌아가고 있었지만 시원한 바람이 전혀 오지 않았다. 올라가는 길은 가도 가도 끝이 없을 것 같았고 엘리베이터도 만원이라서 줄을 서서 무한대로 기다렸다.

막상 동방명주 전망대에 올라갔을 때는 전망대 안의 사람들이 그렇게 많지 않았다. 우리나라 관광지에 비하면 답답하고 습한 환경이었지만 전망대에 올라오기까지 고생했던 일 때문에 전망대 안은 천국처럼 쾌적하게 느껴졌다. 전망대에서는 상하이 시가지 전경을 365도로 볼 수 있었다. 속이 확 트인 전망대에서 내려다보이는 상하이 시가지는 아름다웠지만 그곳에 오르느라 지쳐서 아름다움을 감상하기도 전에 쓰러질 지경이었다. 전망대 바닥이 투명한 유리로 되어 있어서 상하이 시가지 위를 걷는 기분이라 작은아이는 좋아라 하고 뛰어다녔다. 나는 오금이 저려서 한 걸음도 걸을 수 없었다.

전망대를 내려오자 다시 생지옥이 기다리고 있었다. 뜨거운 한여름에 앞에도 사람, 뒤에도 사람, 인간난로가 우리 주위를 둘러싸고 있었다. 단 한 걸음도 움직이지 못하는 시간이 길었다. 고통스런 시간이 느리게 느리게 지나갔다.

동방명주에 다녀온 날 밤 11시가 넘은 시간에 참석자 전원은 다시 숙소에 모여 그날 있었던 일들을 토론했다.

둘째 날은 팀별 크로스필드를 했다. 조별로 중국인 가이드와 함께 상하이 시내 몇몇 유명한 장소들을 지하철로 이동하면서 둘러보았다.

주요 코스는 윤봉길 의사 의거 현장인 노신공원, 포동 금융가, 상해 서점 등이었다. 둘째 날 코스도 만만치 않았다. 하루 종일 상하이 시내를 돌아다녔고, 중국인들과 인터뷰를 했다. 윤봉길 의사 의거 현장은 중국정부에서 말끔하니 정비해서 '매원(梅園)'이라는 사당을 만들어 두었다. 윤봉길 의사와 김구 선생의 사진, 폭탄 모형 같은 주요 유품이 전시되어 있었다. 윤봉길 의사의 시신은 사형이 집행된 이후 일본에 묻혀 있다가 해방이 된 이후에야 김구 선생에 의해 우리나라로 돌아왔다고 했다. 사당 2층에서 윤봉길 의사 의거 관련 동영상을 보고 눈물을 흘렸다.

상하이에서의 4일간 일정은 하루도 편안한 휴식이 주어지지 않았다. 하루 종일 상하이 시내를 돌아다녔고 밤에는 숙소로 돌아와 그날 있었던 일을 돌아보고 앞으로 실천할 내용들을 발표했다. 어른아이 구분 없이 첫날부터 마지막 날까지 여유 없이 뺑뺑이를 돌았다.

K교수는 자기 자신을 보려면 멀리 떨어져서 바라봐야 제대로 볼 수 있다고 했다. 과연 그랬다. 글로벌 상하이 비즈니스 캠프 프로그램에 참가해서 상하이 곳곳을 누비며 고생은 했지만 나 자신과 내일, 내 미래에 대해 좀 더 객관적으로 바라볼 수 있게 되었다. 그 전에는 나 자신을 위해 일할 때도 쭈뼛쭈뼛하며 억지로 했는데, 캠프에 다녀온 후로는 자세를 조금 더 적극적으로 바꾸었다. 같이 갔던 작은아이와 나는 정신적으로 한 뼘 쑥 자랐다.

지난달에도 중국경영 세미나에 다녀왔다. 중국경영 세미나는 초반부에 한국외교원에 근무하는 J교수가 원어강의를 하고, 후반부에 중국 관련 저자 특강이 이어진다. 최근에는 J교수가 운영하는 원어스터디가 시작되었다. 지난 주 주제는 다시 돌아오는 한국 기업들에 대한 내용이었다. 중국인들은 한국기업을 몽상가라고 부른다. 구미나 유럽기업들은 이미 80년대에 중국에 진입해서 중국시장을 개척한 데 비해, 한국기업들은 90년대에 중국에 진출해 놓고 아직까지 '13억 인구에게 하나씩만 팔아도…'라는 환상을 품는다. 그동안 우리를 괴롭힌 주범은 중국과 일본 같은 이웃나라라고 생각했지만 중국을 배우면서 알아보니 우리를 가장 괴롭히는 존재는 우리 자신이었다.

개인의 경우에도 마찬가지라고 생각한다. 우리 주위에서 스스로를 가장 괴롭히는 존재는 가깝거나 멀리 있는 이웃이 아니라 바로 나 자신이다. 중국여행을 하며 목적지를 깜박하고 다른 장소에서 기다리고, 짐 덩어리인 여행 가방을 사서 하릴 없이 끌고 다닌 건 나였다.

나는 내 목표를 'Lifestyle Designer'로 정했다. 국가에도 사회에도 나 자신에게도 도움이 되고 싶다. 매일 하고 싶은 일을 찾아 시행착오를 반복하며 배운다. 그리고 잘할 수 있을 때까지 지금 하는 일을 반복한다. 언젠가 내가 하는 일이 국가나 사회, 나 자신을 위해 가치 있게 쓰이기를.

사주팔자를
넘어

가끔 철학관에 간다. 미래가 암울해 보이고 답답할 때, 누군가에게 하소연해도 풀리지 않을 것 같을 때다. 마음이 우울할 때면 누구라도 관심을 갖고 내 이야기를 들어주면 위안이 된다. 철학관도 심리 상담 센터와 같은 역할을 한다. 긍정적인 피드백을 하는 철학관은 가끔 카운슬러나 컨설턴트가 하는 일과 비슷한 효과를 낸다.

몇 년 전에 경주에 있는 유명한 철학관에 갔다. 같이 근무하셨던 직장상사께서 아드님이 행정고시 패스한 날 기분이 좋아서 알려주신 곳이었다. 아들이 행정고시 공부를 하면서 도움을 받았던 곳이라고 하셨기 때문에 기회가 되면 한 번 가보고 싶었다. 마침, 그 해에 친정엄마께서 가족들과 경주로 여행을 가시고 싶어 하셔서 경주로 여름휴가를 갔다.

여행지에서 가족들과 휴식을 취하며 놀다가 엄마와 함께 철학관에 들러 보았다. 차로 마당에 들어서니 아담한 전원주택이 눈에 들어왔다. 안에 들어서자 조용한 분위기의 깨끗한 거실에 남녀 대여섯 분이 소파와 방바닥에 앉아 있었다.

큰아이가 미술 공부를 하고 싶다고 해서 시켜야 할지 말아야 할지 고민을 하던 때였다. 내 고민을 덜어 보고 싶어서 그곳을 찾았다. 맞벌이 가정에서도 아이들이 미술 공부를 하는 건 반기지 않는다. 내 경우에는 혼자서 아이 둘을 키우는 일이 힘들게 느껴졌고 미술을 하려는 아이 마음은 충분히 이해되었지만 경제적으로 부담할 수 있을지 자신이 없었다. 사실 경제 능력은 스스로 알고 있었고 누구에게 물어볼 필요가 없었다. 그래도 누군가가 된다고 말해 주기를 바랐다.

철학관에 들어서자 남자분이 앉아 계셨다. 큰아이와 작은아이, 내 사주를 넣었다. 내 사주는 어떻고, 큰아이 사주는 어떻고 작은아이 사주는 어떻다고 이야기를 해 주었다. 이야기를 다 듣고 나자 궁금한 내용이 있으면 물어보라고 했다. 큰아이에게 미술을 시켜도 될지 물었다. 큰아이는 공무원이 되거나 본인이 되고 싶어 하는 패션디자이너가 될 수도 있고 내가 경제적으로 부담할 수 있다고 했다. 이야기를 듣고 기분이 좋아져서 돌아왔다. 엄마도 동생들 사주를 넣고 이야기를 들었지만, 돈만 많이 받고 별로 신통하지는 않다고 하셨다. 나는 단지 내가 듣고 싶은 이야기를 들었기 때문에 그 집은 잘 본다고 생각하고 돌아왔다.

엄마는 딸이 불행한 결혼을 하기를 원치 않으셨다. 아버지와 엄마의 결혼생활이 순탄치 않으셨기 때문이다. 부모님은 결혼생활 내내 많이도 싸우셨다. 엄마는 아버지와 사시는 동안 사주를 믿지 않으셨지만, 아버지가 돌아가시고 나자 사람들이 사주가 어땠는지 물었다. 엄마는 철학관에 다닐 시간이 없을 만큼 바빴고, 힘들게 돈을 벌었기 때문에 허튼 데 쓰지 않으셨다. 당연히 사주 같은 건 보러 가지 않으셨다. 아버지가 돌아가시고 나자 답답한 마음에 사주를 보러 가서 아버지께 교통사고가 났던 해에 삼재였다는 말을 들었다. 엄마는 아버지가 삼재 때문에 돌아가셨다고 믿고 싶으셨다.

엄마는 남편과 내 결혼을 승낙한 후 우리에게 시내에 있는 '대원사'라는 절에 가서 제를 지내도록 했다. 대원사는 시내에 있다는 것만 제외하면 법당이 넓은 여느 절과 다를 바 없었다. 넓은 마루가 있는 큰 방 가운데에 부처님이 모셔져 있었다. 우리는 결혼 후 별 탈 없도록 해 달라고 정성껏 기도하며 제를 지냈다.

절에서 제를 지내는 동안 낯선 분위기에 숨이 막혔다. 결혼을 하기 위해 치르는 통과의례였다. 우리가 제를 지냈던 이유는 제를 지냄으로써 결혼 후에 우리가 무탈하게 살 거라는 믿음이 필요했기 때문이었다.

살면서 몇 번 굿당에 제사를 지내러 갔다. 아버지가 돌아가신 후에 남동생이 오랫동안 취직하지 못하고 집에만 있자 속이 답답했던 엄마는 제를 지내러 혼자 가시기 어려우니 나를 부르셨다. 준비한 음식을 차려 놓고 제사 지냈다. 그곳에 가면 말할 수 없이 속이 답답해진다. 그럼에도 불구하고 가지 않을 수 없었다. 엄마에게 위로가 필요함을 알았기 때문이다.

남편이 아프자 시어머니가 제를 지내자고 말씀하셔서 이삼 년 정도 계속 했다. 매년 정초에 남편과 나를 불러 앉혀 놓고 하셨고 비용은 우리가 지불했다. 산 아래 마련된 작은 신당에서 밤 10시경 시작했고 밤 12시가 조금 넘으면 끝이 났다. 한밤중에 촛불이 켜진 어두컴컴한 신당에서 시키는 대로 절을 하고 빌다 보면 시간이 갔다. 시어머니에게는 막내아들이 쾌유하리라는 희망이 필요했다.

　제사에 참여하는 일은 심적으로 큰 고통이 따랐다. 매년 할수록 힘이 들었다. 한 번만 하는 일이라면 참았겠지만 매년 같은 일을 반복하기에는 너무 힘이 들었다. 더 이상 참을 수 없는 지경이 되었을 때 마침 시숙과 큰형님께서 계속 하면 안 된다고 말씀해 주셨다. 그래서 나는 시어머니께 돈은 낼 테니 참석하지는 않겠다고 말씀드렸다. 남편도 내 말에 동조했다. 결국 시어머니는 그다음 해부터 제사를 지내지 않게 되셨다.

　리처드 파인만은 『과학이란 무엇인가』에서 이미 일어난 일을 실험하고 통계를 내는 일은 일견 과학적으로 보이지만, 제대로 된 실험이 아니고 과학적이지 않다고 했다. 이미 이루어진 일을 거꾸로 맞추었기 때문이다.

　동양이 서양에 비해 일찍 『주역』의 원리를 터득했지만 서양에서 음양의 원리를 기본으로 한 이진법의 원리로 먼저 컴퓨터를 만들었다. 서양 열강들은 몇 세기 전에는 동양을 따라올 수 없는 기술력이었지만, 수량혁명으로 항해법을 개발해 동양 각국을 식민지로 삼켰다. 그 힘의 근원은 리처드 파인만이 제시한 것과 같은 합리성이 있었기 때문이다.

　나는 오랫동안 개인생활의 영역에서 수량화, 수치화에서 벗어나 살았다. 객관적으로 생각하고 살기보다는 주관적으로 생각하며 살았다. 그러나 책을 읽으며 그동안 내가 간과했던 일들이 무엇이었는지 알게 되었고 사람들을 만나면서 내 자신이 가졌던 한계를 극복하는 방법을 배우고 있다.

나는 2016년 11월 20일을 '자기극복의 날'로 지정했다. 우연한 기회에 패러글라이딩 국가대표 김현희 선수와 함께 패러글라이딩을 할 수 있는 기회를 얻어 하늘을 날았던 날이다.

패러글라이딩을 하러 가기 전 몇 날 며칠 동안 몸살을 앓듯이 괴로웠다. 중국 상하이 동방명주에 갔을 때도 아래가 투명하게 보이는 유리판 위를 걸을 수 없었다. 안전하지 않고 위험이 따르는 일은 거의 시도하지 않고 살아왔다. 작은아이가 번지점프를 하러 가자고 했을 때 무서워서 안 된다고 했고, 아이들과 통영 미륵산에 갔을 때 케이블카 타기도 무서워 부들부들 떨었다. 그랬던 내가 패러글라이딩을 타고 자기한계를 극복하기로 마음먹었다.

그동안 내 속에 설명되지 않는 부분들이 많았다. 이제 그동안 깨닫지 못했던 밝은 빛을 내 속으로 쏟아 부어 자기 한계를 극복하고 나 자신을 환하게 밝히고 싶다. 그리고 사람들 마음속에도 밝은 빛이 살아나도록 함께 돕고 싶다.

긍정의 힘,
감사와 글쓰기

"노란 레몬을 머릿속에 한 번 떠올려 보세요. 그리고 시큼한 느낌이 들어도 입 속에 침이 고이지 않게 하세요."

이 말을 몇 사람들에게 해 보았다. 가끔 입속에 침이 고이지 않는다는 분도 있었고, 침이 고인다는 분도 있었다. 입속에 침이 고이지 않게 하라는 말에도 침이 고이는 이유는, 뇌는 부정어를 인식하지 못하기 때문이다.

어떤 책에서 레몬실험에 대한 글을 읽은 후 뇌가 부정어를 인지하지 못한다는 사실을 제대로 알게 되었다.

그 후로 긍정적인 생각과 말, 행동을 하도록 노력하고 있다. 긍정적인 생각이나 말이 뇌에 긍정적인 이미지를 연상시키고 긍정적인 습관을 형성하며 긍정적인 결과를 가져오기 때문이다.

얼마 전에 『땡큐 파워』의 저자 민진홍 대표의 특강을 들었다. 민진홍 대표는 사업가로서 두각을 나타냈지만 큰 사업 실패를 경험했다. 자살까지 기도했지만 '감사일지'를 개발하여 많은 사람들에게 전파하고 있다.

'감사일지'를 개발한 후에는 곳곳을 찾아다니며 강의를 했고 지금은 '땡큐리더십센터'를 운영하며 감사일지를 체계적으로 쓸 수 있도록 돕는 지도자를 양성하기도 한다.

민진홍 대표가 '감사밴드'를 통해 제공하는 '21일 감사일기 쓰기 프로그램'은 특별한 감동을 제공했다. 21일 동안 감사해야 할 대상과 내용이 주어졌다. 때로는 이것까지도 감사해야 하나 하는 생각이 들 때도 있었지만 하나하나 감사하는 마음을 적어 가면서 마음과 몸 전체가 따뜻해짐을 느꼈다. 어째서 마음이 따뜻해지면 몸도 따뜻해지는 걸까?

지금은 21일 감사일지 과정이 끝이 났지만, 그때 처음 만들어진 감사일지 통합밴드는 이끌어 주는 분도 없이 지금까지 21일 단위로 계속 이어지고 있다. 감사를 하면 할수록 더 감사할 일이 많아진다. 감사라는 말이나 행동은 세계 어디를 가더라도 통용될 수 있다.

민진홍 대표 강의를 처음 들었던 날 『땡큐 파워』를 3권 구입해서 저자 사인을 직접 받아 당시에 같이 근무했던 직장동료들에게 선물했다. 직장동료들은 『땡큐 파워』를 읽은 후에 나에게 고맙다는 인사를 여러 번 했다. 친구에게도 책을 빌려 주자 책을 읽고 나서 감사하다는 인사를 했다. 다른 책들을 선물했을 때 고맙다는 인사를 들어 본 적이 별로 없다. 책 선물을 하면 책 내용을 읽었을 때에만 피드백이 온다. 그래서 '감사'라는 말은 특별한 의미가 있는 말이 아닌가 하는 생각이 들었다.

요즘은 사무실에 출근하는 버스 안에서 아침에 느끼는 감상과 감사의 마음을 담아 감사일지를 밴드에 올린다. 감사일지를 올리고 출근하는 날은 다른 날들보다 더 행복하고 의미가 깊게 느껴진다.

어제 아침에 올린 감사일지는 이렇다.

1. 함께해 주시는 감사밴드 여러분께 감사드려요.
2. 비 올 듯 오지 않는 날씨에 감사드려요.
3. 아침에 일찍 일어날 수 있었음에 감사드려요.
4. 아침 반가운 손님에 감사드려요.
5. 오늘도 함께해 줄 직장 동료들께 감사드려요.

글이 짧고 말이 짧은 나는 감사일지도 내용이 짧고 간단명료하다. 그렇지만 같이 감사일지 밴드에 참여하시는 분들은 하루하루의 감동을 소설처럼 아름답게 기록하고 충만한 감사를 담아 표현을 해 주신다. 그 글들을 보며 가끔 자신을 돌아보게 되고 반성하게 되기도 한다. 앞으로도 하루 일상이 매일 감사로 채워지는 날이 이어진다면 더할 나위 없이 좋겠다.

올 2월에 우연히 글쓰기 특강을 듣게 되었다. 참여하고 있던 모임 밴드 공지에 올라 온 글을 보고 한동안 고민을 했다. 직장 근무 부서를 다시 옮긴지 얼마 되지 않아서 심적 부담이 되었다. 그렇지만, 어려웠을 때 피터 드러커의 글을 읽으면서 나도 피터 드러커 같은 문필가가 되고 싶다는 꿈을 가졌던 일이 생각났다. 글쓰기 특강을 듣는다면 어쩌면 생각만 하고 있었던 꿈을 실현할 수 있을지 모른다는 생각이 들었다. 강사에 대해서도 잘 몰랐고 어떤 강의인지도 자세히 몰랐다.

몇 날 며칠 고민만 하다가 강의가 시작하는 날 아침 9시에야 결심을 했다. 한 번 강의를 들어보겠다고. 글쓰기는 그렇게 시작되었다.

글쓰기도 감사일지를 쓰는 것과 비슷한 과정을 거쳤다. 35일 동안 매일 한 편씩 글을 써서 작가님께 보냈다. 어떤 날은 빠뜨린 날도 있었지만 거의 모든 날 한 편씩 글쓰기를 했고, 그 내용을 그대로 작가님께 보내기만 했다. 때때로 남에게 하고 싶지 않은 말은 글로 쓰는 편이 편할 수도 있다. 나 자신에 대한 이야기는 남들에게 하고 싶지 않았지만, 자신에 대해 글을 쓰기 시작하자 그동안 마음속에 맺혀 있던 많은 일들이 겉으로 드러났다.

첫날 주제는 자기 소개 글쓰기였다. 토요일, 일요일 이틀 동안 컴퓨터만 들여다보고 앉아서 글쓰기를 했다. 나 자신에 대해 돌아보고 싶지 않았고 쓰고 싶지 않았다. 세상에 가장 알리고 싶지 않은 내용이었지만 글쓰기 과정은 내 손으로 등록한 것이었고 그 수업의 과제였기 때문에 계속 앉아서 글을 썼다. A4 3장을 쓰면 충분했지만, 글을 시작하자 생각보다 쓸 말이 많았다. A4 7장을 썼다. 어렸을 때부터 초등학교, 중학교, 고등학교, 대학교, 직장생활, 결혼하게 된 이야기, 아이들 키우며 지낸 이야기까지 부끄럽고 창피한 내용도 많았지만 하나하나 적어 나갔다. 남편이 세상을 떠난 이야기, 내가 우울하게 보낸 세월에 대한 이야기를 쓰면서 눈물이 콧물이 되고 콧물이 눈물이 되었다.

첫 번째 과제를 쓰고 나니 그 이후로는 글쓰기가 편하게 느껴져서 35일 동안 열심히 글을 썼고, 책 쓰기 과정에서 쓰고 싶은 주제를 적어서 낸 과제를 통해 작가님이 작성해 주신 목록을 수정해서 책 쓰기에 도전했다.

나에게 책 쓰기란 언젠가 먼 훗날 이르게 될 정상이라고 생각하며 살았는데, 내가 세상 사람들에게 가장 알리고 싶지 않았던 주제로 이렇게 빨리 글을 쓰게 되고 책 쓰기에 도전하게 될 줄은 몰랐다. 나는 책을 쓰면서 나 자신을 깊게, 멀리 돌아보았다. 앞으로 내 삶이 조금 더 풍요롭기를 간절히 바라며 글을 썼다. 그동안 글쓰기 지도를 해 주신 작가님께 감사드린다.

책을 통해서 많은 것들을 다시 배우고 있다. 내가 책을 읽는 모습을 보면서 사람들은 말한다.

"이제 와서 무슨 공부냐! 눈에 좋지 않다."

"나는 노안이 와서 글이 잘 보이지 않아서 책을 읽을 수 없다."

"차에서 책 읽지 마라. 눈 나빠진다."

"차에서 책 읽으면 멀미나지 않아요?"

사실 나도 예전에는 차를 타고 책을 읽으면 멀미가 나서 읽지 못했다. 그랬던 내가 서울을 오가며 버스 안에서라도 책을 읽겠다고 결심을 한 후로는 차에서 책을 읽어도 멀미를 하지 않는다. 뇌가 주는 긍정의 힘 덕분이라고 생각한다. 한 장 한 장 책을 읽을 수 있는 매 순간이 고맙다.

며칠 전에 직장동료와 출장을 갔다가 책 이야기를 했다. 내가 책을 많이 읽으려고 노력하는 모습을 보시고 걱정을 하셨다. 그래서 나는 내가 책을 읽게 된 계기를 이야기했다. 나도 책을 읽은 지 2~3년밖에 되지 않았다고 말씀드렸다.

"나는 내 인생이 너무 너무 싫었어요. 그래서 내 인생을 바꾸기로 마음먹고 책을 읽기 시작했습니다."

내 말을 듣고 직장 동료분이 말씀하셨다.

"책을 읽기로 선택하신 것은 참 잘하신 것 같습니다. 책 속에는 과거와 현재, 미래가 있지요."

그렇다. 어리석은 나는 그동안 많은 시간을 구름 속에 갇혀 살았다. 인생이라는 각본 속에서 풍파에 끊임없이 흔들리는 캐릭터로 살았다. 직장생활을 하고 있었기 때문에 자신이 하고 싶은 일을 하고 산다고 착각했지만 진심으로 하고 싶은 일을 하고 살았다기보다 주어진 역할에 충실하려고 노력하며 살았다. 이제는 진심을 다해 하고 싶은 일을 하며. 그리고 웃으며 하루하루를 살고 싶다. 더 많은 꿈과 소망이 실현되는 미래를 향해.

초고를 다 쓴 날, (사)대한민국독서만세에서 주최한 단무지 독서 MT에 참석하기로 되어 있었다. 아침 일찍 일어나 마지막 글을 써 내려 갔다. 그동안 울고 웃으며 글을 썼다. 한편으로는 내가 쓴 글이 책이 될 수 있다는 사실이 믿을 수 없었고, 마인드맵을 배우러 다니며, 책을 읽으며 종이에 적고 또 적었던 목표가 현실이 될 수 있다는 사실이 놀라웠다.

『나는 자기계발서를 읽고 벤츠를 샀다』의 저자는 자기계발서를 2년 정도 읽은 후 자기계발서 내용대로 목표를 적을 수 있게 되었고 다시 2년 정도 자기계발서를 읽으면서 자신이 적은 목표를 실천할 수 있었다고 했다. 그 글을 읽으며 '과연 그럴까?' 하는 의문을 가져 보기도 했지만, 책은 사람을 변화시키는 힘이 있다. 최소한 종이에 적은 목표는 이루어진다. 이 책이 그 증거다.

그동안 책을 읽으려고 노력했지만 많은 책을 읽지 못했다. 나는 정말 내 인생을 바꾸고 싶었고 지금도 내 인생을 바꾸기 위해 책을 읽고 있다. 나이 오십 대한민국 싱글맘인 직장인 여자 사람으로서 나는 인생을 바꿀 수 있는 선택의 방법을 한 가지 밖에 찾지 못했다. 그게 바로 책 읽기다. 마오쩌둥은 수많은 책을 읽고 중국을 통일했고, 하인리히 슐리만은 책을 읽고 그리스 황금유적을 발굴했다. 나는 그들처럼 인생을 바꿔보고 싶었다.

어느 날 사십대 중반의 나이에 인생을 돌아보니 아무것도 없었다. 남편도, 공부 잘하는 자식도, 집도, 차도, 젊음도, 불꽃 같은 자신감도 없었다. 나는 깊은 허무와 불안과 우울을 안고 있을 뿐이었다. 우울은 분노를 내면으로 쏟아 부을 때 생긴다. 나는 분노를 계속 나 자신에게 쏟아 붓고 있었다.

허무와 불안이 스트레스와 겹쳐 견딜 수 없게 되면 직장 일을 하거나 TV 드라마를 보며 시간을 보냈다. 세상 모든 일이 허무하고 덧없을 때, 딱히 하고 싶은 일이 없었지만 시간을 보낼 방법이 필요했다. 그래서 가장 손쉽게 선택한 것이 일, TV, 잠이었다. 나는 울지 않고 일을 하며 잠을 자고 TV를 보며 버텼다. 나는 우울증이었다.

울지 않고 버티는 일이 잘하는 일이라고 생각했다. 나는 나 자신을 위해 울었어야 했다. 대성통곡을 했어야 했다. 오랫동안 침묵 속에서 지냈지만 지금은 별일 없이도 잘 운다. 하고 싶은 일도 생겨서 마인드맵도 배우고, 책도 읽고, 패러글라이딩도 하고, 번지점프도 하고 왔다.

2016년 11월 20일 패러글라이딩 타기 체험을 하러가서 급 하강을 하다가 식겁을 했다. 그 뒤로 다시 높은 곳에서 뛰어내리는 일 따위 하지 않겠다고 결심을 했지만, 막상 일행들과 함께 번지점프를 하러 갔을 때 지금 하지 않으면 평생 후회할 것 같다는 느낌이 들었다.

그래서 "나도 번지점프 하겠어요" 하고 손을 들었다. 두려움에 떨며 "다른 사람들보다 제일 먼저 하겠어요"라고 다시 도전했다. 다른 사람보다 먼저 하겠다고 손을 들었던 이유는 뒤에 서서 기다리며 다른 사람들이 뛰어 내릴 때마다 반복되는 공포에 떨고 싶지 않았기 때문이다.

처음 번지점프대에 섰을 때 느끼는 공포는 아찔하고 짜릿했다. 어쩌면 일행 중에 처음이었기에 수월하게 뛰어내릴 수 있었고 아이들이 뒤에서 보고 있었기에 용기를 낼 수 있었다. 허공에 발끝으로 서는 느낌을 느껴보고 싶다면 번지점프대에 서면 된다.

번지점프 복장을 하고 62m 타워크레인 끝에 섰다.

"발끝을 앞으로 5㎝ 앞으로 내미세요."

두려움에 떨며 등을 뒤에 계신 분에게 살짝 기댔다. 그러자 바로 한마디가 날아왔다.

"뒤로 기대지 마세요."

"인사한다고 생각하고 90도 각도로 허리를 숙이세요."

인생에서 그만큼 외로웠던 순간이 있었던가?

인사하듯이 몸을 앞으로 조금 기울였다. 몸은 어느 새 허공을 날고 있었다. 뒤에서 밀어주는 줄 알았지만 아무도 밀어주지 않았다. 온몸이 타워크레인을 몇 바퀴 돌며 크게 요동을 쳤다. 눈을 뜨고 요동치는 세상을 쳐다보고 있으려니, 패러글라이딩을 탔을 때 느꼈던 공포가 되살아나 눈을 뜨고 있을 수 없었다. 눈을 질끈 감았다.

곧 번지점프 반동으로 인한 요동이 잠잠해지자 온몸이 아래로 쭉 당겨지는 느낌이 들었다. 그리고 익숙하지만 벗어나고 싶은 느낌이 들었다. 위내시경 검사를 할 때 목 부위를 지나가는 호스를 손으로 뽑아 버리고 싶은 충동과 비슷한 느낌이 들었다.

번지점프를 하며 온몸이 요동칠 때, 큰 소리로 '2017년 5월 4일 자기긍정의 날'을 선언했다. 스스로 조금 더 긍정적으로 살아 보자고 다짐했다. 스스로 조금 더 솔직하게, 조금 더 후회 없는 삶을 살 수 있기를 빌었다.

자기긍정, 쉽지 않다. 오늘도 무한대 스트레스에 싸여서 퇴근했다. 하루 온종일 '이 일을 어떻게 해야 하나?' 당면한 일을 고민하고 고민했다. 그렇지만 자주 웃고 다닌다. "좋은 일이 있어서 웃는 것이 아니고, 웃으니까 좋은 일이 생긴다"는 말을 하고 다닌다.

어제는 산청에 가서 자동차로 온 산천을 누비고 다녔다. 몇 년 전 한겨울에 산청 구형왕릉을 구경하러 간 적이 있다. 한겨울에 지리산 자락 살벌한 바람 속을 달리던 때와는 사뭇 달랐다. 지리산 그늘에 붙어 앉아있는 녹음과 푸른 경호강은 초록으로 빛나고 있었다.

40대 초반에 남편을 여의고 우울한 대한민국 싱글맘으로 살면서 지낸 이야기가 다소의 위안이라도 되고 힘이 되기를 바란다. 이 글을 쓸 수 있도록 도움 주신 분들과 읽어 주시는 모든 분들께 감사드리며 가내에 행복과 평안이 함께 하시기를 기원한다.